Conan Doyle

Sherlock Holmes
Im Zeichen der Vier

neu erzählt von Werner Meier

Zeichnungen von
Charlotte Panowsky

Loewe

Die Deutsche Bibliothek – CIP-Einheitsaufnahme

Doyle, Arthur Conan:
Sherlock Holmes, Im Zeichen der Vier / Conan Doyle.
Neu erzählt von Werner Meier. –
2. Aufl. – Bindlach: Loewe, 1994
ISBN 3-7855-2234-7

ISBN 3-7855-2234-7 – 2. Auflage 1994
© 1989 by Loewes Verlag, Bindlach
Umschlagzeichnung: Charlotte Panowsky
Umschlagkonzeption: Ulrich Kolb, Leutenbach
Satz: Fotosatz Glücker, Würzburg

Inhalt

Ein denkwürdiger Tag	9
Im Zeichen der Vier	11
Der Fehler in der Rechnung	83
Ein ganz einfacher Fall	100
Skandal in Böhmen	118
Sherlock Holmes' Untergang	137
Das leere Haus	152
Der Schwarze Peter	170
Das Rendezvous an der Brücke	190
Der Mann, der auf allen vieren lief	203

Ein denkwürdiger Tag . . .

. . . für den weiteren Verlauf meines Lebens war in jeder Hinsicht der 4. März 1881. Von diesem Tag an verlief mein Dasein in ganz anderen Bahnen, als ich es ursprünglich geplant hatte. Doch der Reihe nach!

Mein Name ist Dr. John H. Watson, ich bin Arzt, habe in Indien gedient, nahm als Militärarzt am zweiten afghanischen Krieg teil, in dem ich eine schwere Schulterverletzung erlitt, und wurde vorzeitig aus dem Dienst für Vaterland und Krone entlassen.

Nach meiner Genesung wollte ich in London eine Praxis eröffnen und machte mich deswegen auf Wohnungssuche. Es war zu jener Zeit nicht ganz einfach für einen Junggesellen, eine einigermaßen erschwingliche Bleibe zu finden. Aber da kam mir an jenem 4. März der Zufall zu Hilfe in Gestalt von Dr. Stamford, der mit mir Assistenzarzt am Bartholomäusspital gewesen war! Als ich ihm von meiner bisher ergebnislosen Wohnungssuche berichtete, erzählte er mir von einem Bekannten, der vor dem gleichen Problem stand. So lernte ich Sherlock Holmes kennen!

Er war der Typ des eigenbrötlerischen Wissenschaftlers und Gelehrten, nicht unsympathisch, aber auch nicht gerade von alltäglicher Erscheinung – einen Meter achtzig gut und gerne groß, dazu klapperdürr, mit hellen, alles durchdringenden Augen, einer kantigen Hakennase und einem scharfen Kinn. Er spielte hervorragend Geige, war ein ausgezeichneter Boxer und Florettfechter, kannte sich im britischen Strafrecht besser aus als so mancher Anwalt, befaßte sich viel mit chemikalischen, physikalischen und anatomischen Studien, glänzte in jeder Unterhaltung durch fundiertes Wissen auf wirklich allen Gebieten und bezeichnete sich in beruflicher Hinsicht als „Detektivberater": Er beriet Detektive und manchmal auch die Polizei in Fällen, in denen diese mit ihrem Latein am Ende waren.

Sherlock Homes hatte in der Baker Street 221 B eine nette Wohnung gefunden im Haus einer gewissen Mrs. Hudson, die auch besagte Wohnung – ein großes, gemütliches Wohnzimmer, kleine Küche, Bad und zwei Schlafzimmer – als Haushälterin zu betreuen gedachte. Nur einen Haken hatte diese Wohnung für Holmes: Für ihn allein war sie zu groß!

Das traf sich gut. Wir beschlossen zusammenzuziehen und haben diesen Entschluß eigentlich nie bereut! Wenn er auch nach jenem 4. März 1881 – wie gesagt – mein Leben ziemlich veränderte:

Mit der Zeit immer faszinierter von den kriminalistisch-kombinatorischen Gaben meines Wohnungsgefährten, machte ich es mir zur Gewohnheit, genau Buch zu führen über alles, was passierte, wenn Sherlock Holmes seine spektakulären Fälle löste. Und mit den Jahren wurde ich zum Chronisten und Biographen meines Freundes, des besten Detektivs aller Zeiten! Meine Aufzeichnungen wurden zu detaillierten Protokollen, aus den Protokollen wurden Geschichten, aus den Geschichten Tatsachenromane, aus den Romanen . . . doch lest selbst!

Im Zeichen der Vier

Mein Freund Sherlock Holmes machte mir in letzter Zeit Sorgen. Ich stellte fest, daß er sehr viel rauchte und dabei fast nichts aß. Sein hageres Gesicht wurde noch blasser und schmaler als üblich. Bisher hatte ich noch nicht gewagt, ihn darauf anzusprechen, aber an diesem Nachmittag siegte mein Verantwortungsgefühl als Arzt.

Holmes saß in seinem Sessel und brütete mit der Pfeife in der Hand vor sich hin.

„Findest du es eigentlich gut, wie du dich selber auszehrst?" fragte ich ihn.

„Aha, mein lieber Watson", sagte er ironisch, „hast du dich endlich überwunden, mich vor der Selbstzerstörung zu warnen? Keine Angst! Ich will nur meinen Geist in Atem halten, sonst werde ich träge und stumpf, wenn mich keine kriminalistischen Aufgaben auslasten."

„Das wird so lange gutgehen, bis dein Körper vollends zusammenbricht." Ich machte mir wirklich Sorgen um ihn, denn er war der Überzeugung, durch seine asketische Selbstbeherrschung Körper und Geist ganz unter Kontrolle zu halten.

Er lächelte mich an und sagte mit einem fast bittenden Unterton: „Watson, gib mir einen Fall zu lösen, damit ich auf andere Gedanken komme."

Noch bevor ich mir ein Problem für ihn ausdenken konnte, erschien, wie vom Himmel gesandt, unsere Hauswirtin mit einer Visitenkarte für Holmes. Sie meldete uns den Besuch einer Miß Mary Morstan. Und inbrünstig hoffte ich auf einen neuen Fall.

Holmes ließ bitten.

Herein kam eine blonde junge Dame, auf die das

Wort Dame wirklich zutraf. Ihr Äußeres war schlicht, aber um so geschmackvoller. Sofort nahmen mich ihre großen blauen Augen gefangen, die uns hilfesuchend anblickten. Ich bemerkte, daß sie krampfhaft versuchte, ein Zittern zu verbergen.

Holmes hatte dies natürlich auch sofort bemerkt. Doch während sich bei mir Mitleid regte, beugte er sich vor, die Augen in seinem scharfgeschnittenen Gesicht begannen zu glitzern – aus rein kriminalistischem Interesse natürlich. Denn ich hatte noch nie erlebt, daß Holmes eine Frau einmal sympathisch oder sogar attraktiv fand, für ihn waren Frauen auch nur „Fälle". Diese völlige Unpersönlichkeit seiner Gefühle wiederum war natürlich auch das Geheimnis seiner Erfolge. Holmes ließ sich selten von menschlichen Regungen leiten. Mir lief dabei manchmal ein kalter Schauer über den Rücken.

Es stellte sich nun heraus, daß Miß Morstan als Haushälterin bei einer gewissen Mrs. Forrester arbeitete, der Holmes einmal diskret in einer delikaten Angelegenheit beigestanden hatte. Ebendiese Dame hatte unsere neue Klientin an meinen Freund verwiesen.

Miß Morstan war die Tochter eines englischen Offiziers, der in einem Regiment in Indien gedient hatte, erfuhren wir, die wir gespannt ihrer Geschichte lauschten. Als die Mutter starb, schickte er die kleine Mary nach England zurück, wo sie bei Pflegeeltern aufwuchs. Es war nun bereits fast zehn Jahre her, daß Hauptmann Morstan eines Tages auf Besuch nach London gekommen war und seiner Tochter aus einem Hotel ein Telegramm geschickt hatte, um sie nach all den Jahren in die Arme zu schließen. Doch bevor das Wiedersehen stattfinden konnte, verschwand der Hauptmann spurlos, und Mary hatte seitdem nie wieder etwas von ihm gehört. Das Ganze war am 3. Dezember 1878 geschehen. Im Hotel blieb damals das Gepäck zurück, einige Kleidungsstücke, wenige Bücher und etliche Raritäten.

„Das alles stammt aus der Zeit, als er auf den Andamanen-Inseln als Sträflingswärter arbeitete", erklärte Mary Morstan. „Alle Nachforschungen nach dem Verbleib meines Vaters blieben damals erfolglos. Auch sein einziger Freund, ein Major Sholto aus demselben Regiment, der aber schon längere Zeit wieder in London lebt, konnte mir nicht weiterhelfen. Ja, er wußte nicht einmal, daß mein Vater sich in London aufhielt. Und dann, dreieinhalb Jahre später, genau am 4. Mai 1882, ich hatte gerade meine Stellung bei den Forresters angefangen, überraschte mich eine Anzeige in der „Times". Sie war anonym, aber der Inserent suchte eindeutig nach mir."

„Interessant", murmelte Holmes und stützte den Kopf in seine Hände. „Erzählen Sie weiter."

Mary Morstan nickte. „Darin stand, daß es für mich vorteilhaft sein würde, mich zu melden. Also gab ich derselben Zeitung meine Anschrift bekannt. Einen Tag danach bekam ich mit der Post eine wunderschöne Perle zugeschickt. Sie können sich mein Erstaunen vorstellen . . ."

„Kann ich . . .", bestätigte Holmes ungeduldig, der überflüssige Bemerkungen nicht ausstehen konnte. „Was weiter?"

Mary schickte einen verwirrten Blick zu mir herüber, weil sie die barsche Art meines Freundes aus dem Konzept brachte. Ich nickte ihr aufmunternd zu.

„Noch seltsamer ist", fuhr sie fort, „daß seitdem jedes Jahr eine solche Perle an mich geschickt wurde, ohne daß sich der großzügige Absender jemals zu erkennen gab. Sehen Sie her!"

Sie holte sechs Perlen aus einem Kästchen, die schönsten, die ich je gesehen hatte. „Ein Fachmann hat mir versichert, daß jede außerordentlich wertvoll ist", erklärte Mary, während Holmes einen kurzen Blick darauf warf.

„Was die uneigennützige Großzügigkeit von Menschen angeht, haben mich meine Erfahrungen eher eines Besseren belehrt", holte er zu einer Erklärung aus. „Meist steckt hinter der Maske der Wohltätigkeit eine ganz schöne Portion Egoismus oder einfach ein schlechtes Gewissen. Wir können getrost hier ähnliches vermuten. Aber warum kommen Sie ausgerechnet heute zu mir, Miß Morstan?" Diese Frage hatte ihm schon lange auf der Zunge gelegen.

„Wegen dieses Briefes hier, Mr. Holmes." Mary kramte in ihrem Täschchen und überreichte ihm Umschlag und Brief zusammen.

Holmes schenkte ihr einen anerkennenden Blick.

„Sie denken mit, Miß Morstan", lobte er. „Wenn alle Klienten so wären ... Dann wollen wir einmal sehen."

Er betrachtete erst den Umschlag. „Billige Massenware, kein Absender, Datum 7. Juli, aufgegeben in London. Sieh da, das Schreibpapier ist vom Feinsten. Ah, jetzt wird die Sache spannend. Er bestellt Sie für heute abend um sieben vor das Lyzeum-Theater, um ein Unrecht gutzumachen. Schlechtes Gewissen, wie ich schon feststellte. Aber weiter. Er will keine Polizei, gesteht Ihnen aber zwei Freunde als Begleitung zu."

Er sah Mary erwartungsvoll an. „Ich hoffe, daß Sie in diesem Fall Watson und mich als Ihre Begleitung akzeptieren, Miß Morstan, vorausgesetzt, Sie wollen das Treffen einhalten. Aber warum wären Sie sonst wohl hier?"

„Ich danke Ihnen herzlich", rief Mary spontan. „Einen besseren Schutz könnte ich mir nicht wünschen ..."

„Da können Sie durchaus recht haben", gab Holmes ohne falsche Bescheidenheit zu. „Ich würde gerne noch nachprüfen", überlegte er laut, „ob die Handschrift auf den Perlenpäckchen dieselbe ist wie auf dem Brief. Aber das ist wohl nicht mehr möglich, denke ich."

Im nächsten Moment wäre ich Mary am liebsten um den Hals gefallen, als sie Holmes' geringschätzigem Vorurteil über das logische Denkvermögen von Frauen eindrucksvoll einen Dämpfer versetzte.

„Oh, wie vergeßlich ich bin!" rief sie aus. „Ich

habe das Papier von den Perlenpäckchen aufgehoben und Ihnen mitgebracht." Sie zog ein kleines Bündel Papierstücke aus der Tasche.

Holmes hob eine Augenbraue und verkniff sich so krampfhaft einen Kommentar, daß ich bald laut losgelacht hätte. Diese Szene gönnte ich meinem Freund von Herzen. Er untersuchte die Papiere akribisch. „Jedesmal verstellte Schrift", kam er schnell zu einem Ergebnis. „Doch mich kann der Absender nicht täuschen. Es war immer dieselbe Hand, welche die Feder führte. Das erkenne ich an dem hochgezogenen ‚E' und der Schleife um das ‚S' am Ende eines Wortes."

Er gab die Papiere zurück, und wir verabredeten uns für sechs Uhr bei uns in der Baker Street. Als Mary gegangen war, ließ ich meiner Begeisterung für sie freien Lauf. Holmes gähnte gelangweilt und meinte lediglich: „So, hübsch und elegant findest du sie also. Tut mir leid, Watson, ist mir nicht aufgefallen."

Empört schalt ich ihn ein gefühlskaltes Monster, aber Holmes amüsierte sich nur darüber. „Die reizendste Frau, die ich kannte, Watson, hatte ihre drei Kinder vergiftet, weil sie die Lebensversicherung kassieren wollte", spottete er. „Sie wurde zu Recht dafür aufgehängt. Andererseits ist der unsympathischste Mann in dieser Stadt ein echter Wohltäter der Bedürftigen Londons, für die er bisher rund eine Viertelmillion Pfund gespendet hat."

„Du verallgemeinerst zu sehr", schimpfte ich.

Holmes grinste und schaute mich dabei so prüfend an, daß ich fürchtete, er könne wirklich Gedanken lesen.

„Verliebt, Watson", lautete dann sein Urteil. „Muß schon sagen, das ging sehr schnell. Kaum schaut dich

16

eine Frau hilfesuchend an, schon schmilzt du dahin. Was wäre, wenn sich die reizende Miß Morstan als Wölfin im Schafspelz herausstellt?"

„Niemals", brauste ich auf und merkte im selben Moment, daß er mich absichtlich aus der Reserve lockte und das auch noch mit Erfolg. „Wechseln wir das Thema", brummte ich also unwirsch.

„Versuchen wir uns in Graphologie", schlug er vor und nahm in einem Sessel Platz. „Was kannst du aus dem Brief der Person, die wir heute abend noch treffen sollen, herauslesen?"

„Gut leserlich und akkurat geschrieben." Ich machte das Spiel mit. „Wahrscheinlich ein Mann von einiger Charakterstärke."

„Oberflächlich, Watson, sehr oberflächlich", hielt Holmes dagegen. „Männer mit Charakterfestigkeit würden die langen und kurzen Buchstaben ganz klar unterscheiden, was hier nicht der Fall ist. Das ‚D' könnte man fast als ‚A' lesen, und in den großen Buchstaben finde ich eine starke Ich-Bezogenheit, während sein ‚K' sehr verschwommen, ja unentschlossen ist."

„Du hast dich mit dieser Wissenschaft auseinandergesetzt, nicht ich", entgegnete ich lahm.

Holmes machte einen tiefen Zug aus seiner Pfeife und schaute den Rauchkringeln nach. Dann sah er mich lauernd an. „Das ist richtig, Watson, zugegeben", erwiderte er. „Genauso wie ich die Unterschiede verschiedener Tabaksorten anhand ihrer Asche untersucht und auf Farbtafeln festgelegt habe, hundertvierzig Zigarren-, Zigaretten- und Pfeifentabake. Damit könnte ich zum Beispiel ohne Schwierigkeiten feststellen, was ein mutmaßlicher Täter raucht, falls er eine solche Spur hinterlassen hätte. Wenn es sich dabei beispielsweise um eine indische

17

Lunkah handelte, würde das nämlich den Kreis der Übeltäter gewaltig eingrenzen. Oder hast du meine Abhandlung über die typische Beschaffenheit von Händen verschiedener Berufsgruppen vielleicht gelesen? Das ist eine große Hilfe bei der Identifizierung von Leichen, Watson ... Ich hoffe, ich langweile dich nicht."

„Keineswegs", betonte ich, ehrlich überrascht. „Ich hatte nur keine Ahnung von deinen Untersuchungen. Die letzte behandelte noch die Erhaltung von Fußspuren mittels Gips, oder irre ich mich?"

Holmes nickte. „Ja, stimmt genau, die Abhandlung wird gerade ins Französische übersetzt. All diese Dinge sind für die Kriminalistik notwendig und wichtig. Und sie beschäftigen meinen rastlosen Geist, wenn er einzurosten droht. Aber es geht doch nichts über einen echten Fall, der meine Kombinationsgabe herausfordert."

„Dann hätte ich etwas, woran du deinen Geist bis zu Miß Morstans Erscheinen erproben kannst", fiel mir blitzartig ein. Ich schmunzelte schon bei dem Gedanken, Holmes endlich einmal aufs Glatteis führen zu können. Er behauptete nämlich immer, selbst auf ganz alltäglichen Gegenständen würde der Benützer so typische Merkmale hinterlassen, daß man etliches über seine Person daraus lesen könnte.

Also reichte ich ihm eine Taschenuhr, die ich erst vor kurzer Zeit erhalten hatte. Interessiert nahm er sie in Augenschein, klappte den hinteren Deckel auf und begutachtete das Innere durch seine Lupe. Danach machte er nicht gerade ein siegessicheres Gesicht, wie ich befriedigt zur Kenntnis nahm.

„Frisch gereinigt", murrte er. „Das macht die Sache schwierig."

„Das stimmt zwar", räumte ich genüßlich ein,

„aber für ein Gehirn deiner Qualität ist das eine dürftige Ausrede."

Holmes lehnte sich zurück und schloß kurz die Augen. „Ich sprach von schwierig, Watson", berichtigte er mich. „Von aussichtslos habe ich nichts gesagt. Ich denke, daß du die Uhr von deinem älteren Bruder hast, der sie von eurem Vater geerbt hat."

„Die Initialen H. W. auf dem Deckel hätten mir vermutlich dasselbe gesagt", konterte ich.

„Vermutlich", bestätigte Holmes lässig. „Die Uhr wurde vor rund fünfzig Jahren hergestellt, logischerweise für deinen Vater. Da der seit Jahren tot ist und du sie noch nicht lange besitzt, muß vorher natürlich ein älterer Bruder das Erbstück besessen haben."

„Richtig." Ich nickte. „Aber was sagt sie dir über die Charaktereigenschaften des letzten Besitzers?"

„Nun, er war ein ziemlicher Schlendrian, ein Bruder Leichtfuß, der ursprünglichen Wohlstand leichtsinnig verlor, zwischendurch zwar wieder zu Geld kam, schließlich aber dem Alkohol verfiel und starb."

Erst war ich wie vom Donner gerührt, dann rief ich hell empört aus: „Das war ein schlechter Scherz, Holmes, ein sehr schlechter. Wann hast du dich über meinen unglücklichen Bruder erkundigt? Um mir nun weismachen zu wollen, du hast das alles aus der alten Uhr herausgelesen?"

Holmes' Antwort kam als Entschuldigung. „Das tut mir leid, Watson. Bei der mir eigenen sachlichen Betrachtung eines Problems habe ich vergessen, wie schmerzlich dich das Schicksal deines Bruders berühren muß. Aber ich wußte tatsächlich nichts von ihm, bis du mir diese Uhr gabst."

„Aber alles, was du gesagt hast, stimmt", rief ich total verblüfft aus, weil ich wußte, daß Holmes niemals log. „Erklär mir das!"

19

Er machte wieder einen tiefen Zug aus seiner Pfeife. „Das Gehäuse der Uhr ist einigermaßen verbeult, Watson, und weist auch überall Kratzer auf", begann er mit seiner Erläuterung. „Dein Bruder hatte also die Uhr, die immerhin nicht ganz ohne Wert ist, einfach mit anderen harten Gegenständen, Schlüsseln oder Münzen, in seiner Tasche aufbewahrt. Das zeigt mir eben, daß er ein Schlendrian war. Wenn er aber ein so wertvolles Stück geerbt hat, folgere ich, daß da noch andere schöne Dinge gewesen sein dürften, dein Bruder demnach erst einmal nicht gerade mittellos dastand."

„Stimmt", bestätigte ich und hörte gespannt seinen weiteren Ausführungen zu.

„Auf der Innenseite des Deckels habe ich durch meine Lupe vier eingekratzte Zahlenreihen bemerkt. Eine beliebte Methode englischer Pfandleiher. Dadurch kann die Nummer nicht verlorengehen wie auf einem Zettel. Dein Bruder hat die Uhr mindestens viermal versetzt und wieder ausgelöst. Ganz logisch, daß er öfter pleite war, aber zwischendurch muß er auch immer wieder zu Geld gekommen sein. Daß er zum Trinker wurde, schließe ich aus den zahllosen Kratzern rund um das Schlüsselloch der Uhr, was auf eine sehr zittrige Hand hindeutet. Du siehst, Watson, es ist kein Schwindel hinter meinen Ausführungen. Aber jetzt will ich für eine Stunde noch einige Recherchen zu unserem aktuellen Fall anstellen."

Er nahm Pfeife und Tabak und ging zu seinem Zimmer. „Bis später, Watson." Die Tür klappte, und weg war er.

So blieb ich zurück, in dem Bewußtsein, daß Holmes' Blick für Details einfach einzigartig war. Und darüber hinaus schwirrten mir allerlei Gedanken im Kopf herum, die sich um Miß Morstan drehten.

Als mein Freund am frühen Abend aus dem Zimmer trat, war er bester Laune. Ich schenkte ihm eine Tasse Tee ein und meinte neugierig: „Du machst auf mich den Eindruck, als hättest du die Nuß bereits geknackt."

Er nahm einen Schluck. „So weit würde ich nicht gehen, Watson. Aber ich habe den Schleier um das Geheimnis ein schönes Stück gelüftet. Ich habe die Todesanzeigen in der „Times" gefilzt und gefunden, daß Major Sholto am 28. April 1882 das Zeitliche gesegnet hat."

„Ich sehe darin nichts Bedeutsames", wunderte ich mich.

„Meine Güte, Watson", entrüstete sich Holmes jetzt über meine Borniertheit. „Auch wenn er es damals abgestritten hat, war dieser Sholto doch der einzige Mensch, den Morstan vor seinem Verschwinden besucht haben könnte. Du wirst doch nicht im Ernst glauben, daß er seinen einzigen Freund und Regimentskameraden nicht von seiner Anwesenheit in London benachrichtigt hat. Das widerspricht jeglicher Logik. Und dann verschwindet Morstan. Dreieinhalb Jahre später stirbt Sholto. Und schon wenige Tage danach, du erinnerst dich an ihre Aussage, wird Miß Morstans Aufenthalt per Anzeige in der „Times" gesucht, wonach ihr dann regelmäßig jedes Jahr eine Perle geschickt wird. Das liegt doch auf der Hand, daß hier ein Erbe aus schlechtem Gewissen Miß Morstan zu entschädigen versucht. Wahrscheinlich wegen einer Geschichte, die der alte Sholto verbockt hatte."

„Klingt plausibel", gab ich zu. „Aber ich sehe keinen Grund, weshalb sich der reuige Spender jetzt plötzlich zu erkennen geben will, nach über sechs Jahren."

Bevor Holmes darauf eine Antwort geben konnte,

hörten wir unten eine Kutsche vorfahren. „Aha, Miß Morstan", stellte Holmes mit einem Blick aus dem Fenster fest. „Gehen wir, Watson."

Während ich Mantel und Hut anlegte und meinen Spazierstock nahm, den ich wegen einer Kriegsverletzung am Bein benützte, sah ich, wie Holmes seinen großkalibrigen Revolver einsteckte. Mir lief ein kalter Schauer über den Rücken. Bisher hatte sich Holmes' Darstellung der Geschichte für mich eher harmlos als gefährlich angehört. Aber ich wußte, Holmes bewaffnete sich nur, wenn es Grund dazu gab.

Unten in der Kutsche beantwortete Miß Morstan, die ziemlich blaß um die Nase war, präzise weitere Fragen, die mein Freund ihr stellte. Schließlich gab sie ihm ein zusammengefaltetes Papier, das sie noch bei den Sachen ihres Vaters gefunden hatte.

Holmes glättete es sorgfältig und begutachtete es durch seine Lupe. Ich sah ihm dabei neugierig zu. Es handelte sich um eine Zeichnung, offenbar der Plan eines großen Gebäudes, wie ich gerade noch erkennen konnte.

Holmes dagegen fand weitere Einzelheiten heraus. „Das Papier ist in Indien hergestellt", murmelte er vor sich hin. „Hier, an einer Stelle ist ein kleines rotes Kreuz gemalt. Darüber, fast schon vergilbt, aber noch erkennbar, die Zahlen 3, 37. Und hier unten in der Ecke vier weitere Kreuze, so eng beieinander, daß sich ihre Querbalken wie Arme berühren. Aha, da steht etwas. Im Zeichen der Vier – Jonathan Small, Mahomet Singh, Abdullah Khan, Dost Akbar."

Holmes sank zurück und schloß die Augen. Er verfiel in tiefes Grübeln, während die Kutsche durch die trübe Septembernacht Londons klapperte. Das Licht der Straßenlaternen war durch den dichten Nebel kaum zu sehen. Flüsternd unterhielt ich mich mit Mary über die Geschichte und den geheimnisvollen Unbekannten. Ihr Gesicht leuchtete als heller Fleck über dem hochgezogenen Mantelkragen mit der Kapuze. Sie fröstelte. Aber ich widerstand dem Impuls, sie in den Arm zu nehmen. Ab und zu flammte neben uns Holmes' Streichholz auf. Ich empfand diese Nacht als bedrückend. Aber Holmes handelte wie immer rein mechanisch, völlig unbeeindruckt von äußeren Einflüssen.

Am Lyzeum-Theater belebte sich die Szene plötzlich, der düstere Nebel verlor seine Schrecken. Wagen fuhren vor und setzten die elegante Londoner Gesellschaft in ihren Abendroben ab. Unser Ziel war die dritte Säule am Haupteingang, wo uns der Briefschreiber treffen wollte. Doch statt dessen stand plötzlich ein kleiner, flink wirkender Mann in Kutscheruniform neben uns und fragte hastig: „Miß Morstan?"

Mary zuckte über die unerwartete Ansprache kurz zusammen. Dann nickte sie und erwiderte fest: „Ja, und die beiden Herren hier sind jene Freunde, die mir als Begleitung erlaubt wurden."

Der Mann musterte uns einen Augenblick. Dann ließ er uns in einen anderen Wagen umsteigen, stieg auf den Bock und trieb die Pferde mit seiner Peitsche zu rasender Fahrt an. Bald hatte ich die Orientierung völlig verloren. Im Gegensatz zu Holmes, der leise die Namen der Plätze und Straßen vor sich hin sagte, die wir passierten. Ich dachte nicht einen Augenblick daran, daß Holmes sich irren mochte. Mary Morstan saß aufrecht und entschlossen zwischen uns, den Blick geradeaus gerichtet.

„Nicht gerade ein vornehmes Viertel", stellte Holmes inzwischen fest, als die Kutsche langsamer wurde und schließlich anhielt.

Er hatte recht, wie auch ich sehen konnte, als wir aus der Kutsche ausgestiegen waren. Düstere Backsteinhäuser standen dicht nebeneinander, abgelöst von zweistöckigen Gebäuden mit Vorgärten. Wir befanden uns vor dem dritten Haus einer neuen Siedlung, offenbar überhaupt das einzige bisher bewohnte, da alle anderen völlig dunkel dalagen.

Unser Kutscher klopfte an die Tür, und ich war nicht schlecht erstaunt, als ein Diener in langem Gewand und Turban öffnete, sich verbeugte und sagte: „Mein Sahib erwartet Sie." Wie ich an seiner Gesichtsfarbe unschwer erkannte, war der Diener Inder. Meine Spannung stieg.

So schritten wir also hinter einem prächtig gekleideten Diener mit goldgelber Schärpe durch die dunklen Flure eines armseligen Vorstadthauses bis zu einer Tür, die unser Führer aufstieß.

Helles Licht überflutete uns. Vor uns stand ein kleiner Mann mit einem viel zu großen Kopf, auf dem eine Glatze, von einem spärlichen roten Haarkranz umgeben, prangte. Der Mann mochte vielleicht dreißig sein, war nicht gerade eine Schönheit. Er hatte häßliche Gesichtszüge, die zudem noch dauernd in Bewegung waren; der Mund zuckte nervös und unsicher in alle Richtungen. Die Einrichtung des kleinen Raumes stand in direktem Gegensatz zu ihrem Bewohner. Sie war so exotisch wie prachtvoll, ein kleines Juwel aus Tausendundeiner Nacht. Schwere Gobelins an den Wänden, dazwischen reich gerahmte Gemälde. Auf dem Fußboden lag ein so weicher, dicker Teppich, daß die Füße darin versanken, so als ginge man auf einer Wolke. Darüber streckten sich in der Mitte zwei wundervolle Tigerfelle, und von der Decke verströmte eine silberne Lampe in Form einer Taube schwere orientalische

Düfte. In einer Ecke des Raumes vervollständigte eine riesige Wasserpfeife das Bild dieser eng begrenzten Märchenwelt.

„Thaddeus Sholto", nannte unser Gastgeber seinen Namen. Auch wir stellten uns vor, und als er hörte, daß ich Arzt sei, quietschte er aufgeregt: „Ein Arzt, welch ein Glück für mich. Sie müssen meine Herzklappe untersuchen. Sie macht mir große Sorgen."

Auf ein Kopfnicken von Holmes nahm ich mein Stethoskop zur Hand und horchte sein Herz ab, ohne jedoch eine Auffälligkeit zu entdecken. Er schien mir völlig gesund, was ich dem merkwürdigen Kauz auch mitteilte. Es beruhigte ihn nicht im geringsten. Im Gegenteil, er zitterte am ganzen Körper und lamentierte: „Sie müssen entschuldigen, Doktor, aber ich bin ein wandelndes Leiden. Jede nur erdenkliche Krankheit macht bei mir Station, seit meiner Kindheit."

„Was für ein Musterexemplar von einem Hypochonder", dachte ich und zuckte im nächsten Moment zusammen, als er ohne jede Einleitung gegenüber Mary eine ungeheure Taktlosigkeit von sich gab.

„Wenn Ihr Vater seinem Herzen nicht stets zuviel zugemutet hätte, könnte er heute auch noch leben, Miß Morstan."

Wir starrten erst ihn, dann Mary Morstan an, die nach diesen Worten noch blasser wurde. Einen Augenblick befürchtete ich, sie würde zu Boden sinken. Doch dann ging ein sichtbarer Ruck durch ihren zarten Körper, und sie sagte fest:

„Sie bestätigen mir nur, was ich längst ahnte, Mr. Sholto. Bitte erzählen Sie mir alles, was Sie wissen."

„Das werde ich, das werde ich." Thaddeus Sholto nickte eifrig, ohne sich seiner Roheit bewußt zu werden. „Zusammen sind wir stark genug gegen meinen Bruder Bartholomew. Aber Sie müssen mir versprechen, daß wir die Angelegenheit nur unter uns vertraulich regeln werden, ohne Polizei."

Zu meiner Überraschung erklärte sich Holmes sofort einverstanden, deshalb stimmten auch Mary und ich zu.

Thaddeus setzte sich an seine Wasserpfeife und nahm einen tiefen Zug, so daß der Rauch das Zimmer vernebelte. Wir setzten uns im Schneidersitz um ihn herum. Eine unwirkliche, fast witzige Situation, wäre das Thema nicht so bedrückend gewesen.

Sholto begann mit einer ermüdend langatmigen Einleitung darüber, daß er diesen umständlichen anonymen Weg der Kontaktaufnahme gewählt hatte. Aus Angst vor den Behörden, wie er sagte. Dann verlor er sich in Betrachtungen über die Gründe, die ihn eine solch zurückgezogene Lebensweise hatten wählen lassen, sprach dazu über seine Ängste und kam schließlich auf seine Gemälde zu sprechen, bis ihn Mary ungeduldig unterbrach:

„Ich würde lieber etwas über meinen Vater hören, Mr. Sholto. Deshalb bin ich gekommen, und es ist schon sehr spät. Würden Sie also bitte zur Sache kommen?"

Ich warf ihr einen bewundernden Seitenblick zu. Sholto schüttelte verwirrt den Kopf, als müßte er sich erst wieder in die reale harte Welt zurückrufen, die ihn offenbar so ängstigte. Nun endlich wurden seine Aussagen etwas klarer.

„Natürlich, Miß Morstan. Verzeihen Sie. Sie müssen wissen, daß mein Bruder Bartholomew und ich sehr verschiedener Ansicht sind, was die Wiedergutmachung an Ihnen betrifft. Deshalb müssen wir sehr umsichtig zu Werke gehen. Also, mein Vater schied

vor elf Jahren aus der Armee in Indien aus und zog
in das Haus in Upper Norwood, wo jetzt mein Bruder
lebt. Mein Vater war in Indien reich geworden,
brachte viel Geld, Kunstschätze und eine große Dienerschaft mit nach London. Mein Bruder Bartholomew und ich sind Zwillinge und seine einzigen Kinder."

Ich befürchtete, daß er wieder den Faden verlieren
würde, aber Thaddeus Sholto berichtete nun einigermaßen präzise. Demnach hatte sein Vater in ständi-
ger Angst gelebt und sich und sein Haus ständig von
zwei Preisboxern bewachen lassen. Zwar hatte er nie
zu seinen Söhnen darüber gesprochen, vor wem er
sich fürchtete, aber einmal hatte er grundlos seinen
Revolver auf einen Vertreter abgefeuert. Der Mann
hatte ein Holzbein gehabt, und offenbar war der alte
Sholto deswegen in Panik geraten.

Anfang 1882 erhielt dann der Major einen Brief
aus Indien, den er beim Frühstück öffnete.

Thaddeus erinnerte sich noch daran: „Beim Lesen
wurde unser Vater totenbleich und fiel beinahe ohnmächtig vom Stuhl. Von diesem Schock erholte er
sich nie wieder, es ging gesundheitlich mit ihm rapide
bergab, und Ende April ließ er uns in sein Zimmer
rufen. Aber selbst da noch mußten wir die Tür hinter
uns verriegeln. Und dann entlastete er vor uns sein
Gewissen."

Die folgenden Minuten lauschten wir atemlos der
Geschichte vom alten Sholto, die Thaddeus so an-
schaulich erzählte, als hätte der sterbende Major
selbst zu uns gesprochen. Ich fröstelte dabei, während Holmes' Miene unbewegt blieb. Mary hing wie
gebannt an den Lippen des seltsamen jungen Mannes.

Der alte Sholto hatte seine damalige Beichte mit

dem Eingeständnis begonnen, zeit seines Lebens an krankhaftem Geiz gelitten zu haben. Dabei hatte er auf einen Rosenkranz mit herrlichen Perlen gedeutet und davon gesprochen, daß Arthur Morstan ihn beauftragt hatte, den Kranz seiner Tochter Mary zukommen zu lassen. Aber nicht einmal das hatte Sholtos elende Habgier zugelassen.

„Der Rosenkranz stammte aus einem unermeßlichen Schatz, den unser Vater versteckt hatte", fuhr Thaddeus Sholto fort. „Und die Hälfte davon gehörte eigentlich Ihrem Vater, Miß Morstan. Unser Vater sollte Morstans Anteil nur bis zu dessen Rückkehr nach England verwahren. Und jetzt erzähle ich Ihnen, wie Ihr Vater ums Leben kam." Thaddeus holte tief Luft und nickte traurig, als ihn Mary leise bat, weiterzuberichten.

„Ja, Tatsache ist, daß nach Erzählung meines Vaters Arthur Morstan schon jahrelang an seinem kranken Herzen litt. Nach seiner Rückkehr besuchte er sofort unseren Vater und forderte seinen Anteil an dem ‚Agra-Schatz', so nannte ihn Vater. Jedenfalls gerieten die beiden über die Teilung in einen so heftigen Streit, daß Hauptmann Morstan einen Herzanfall erlitt, hintenüberkippte und mit dem Kopf auf eine Kante der Schatztruhe aufschlug. Er war sofort tot, Miß Morstan."

Mary schlug nach diesen Worten die Hände vors Gesicht. Ihre Schultern bebten. Niemand sprach ein Wort, bis sie sich wieder in der Gewalt hatte.

Dann fuhr Thaddeus Sholto fort: „Der Rest ist schnell erzählt. Vater wollte die Leiche beiseite schaffen. Denn niemand hätte ihm geglaubt, daß das Ganze nur ein Unfall gewesen war. Nicht einmal Lal Chowdar tat das, weil auch er den Streit vorher gehört hatte. Aber er war Vater treu ergeben, und so

half er ihm dabei. Anschließend versteckte Vater den Schatz. Und gerade als er uns nun auf seinem Sterbebett mitteilen wollte, wo er war, schweifte sein Blick zum Fenster. Und von einem Augenblick zum andern verzerrte sich sein Gesicht in furchtbarer Angst. Er keuchte und schrie, daß wir ‚ihn' in Gottes Namen nicht hereinlassen sollten. Und als wir zum Fenster herumfuhren, sahen wir dort ein Gesicht mit einem wild wuchernden Bart und haßerfüllten Augen zu uns hereinblicken. Als mein Bruder und ich zum Fenster stürzten, war das Gesicht blitzschnell wieder verschwunden. Und in dieser Sekunde hauchte unser Vater sein Leben aus. Die ganze Nacht suchten wir nach dem Eindringling, fanden aber lediglich einen Fußabdruck im Blumenbeet. Doch seltsamerweise war am Morgen Vaters Zimmer von oben bis unten durchwühlt. Und an der Brust des Toten war ein Zettel befestigt, auf dem in krakeligen Buchstaben zu lesen war: *Das Zeichen der Vier.*"

Monatelang suchten die beiden Brüder nun nach dem sagenhaften Schatz, sogar den Garten gruben sie Quadratmeter für Quadratmeter um. Ohne Erfolg. Nur der Rosenkranz ließ sie ahnen, welch ein Reichtum irgendwo in der Nähe verborgen lag. Und über diesen Rosenkranz gerieten dann auch sie in Streit. Auf seinem Totenbett hatte der Major von ihnen verlangt, Mary Morstan das zukommen zu lassen, was er selbst in seinem Geiz ihr vorenthalten hatte, nämlich einen gerechten Anteil an dem Schatz. Thaddeus ließ sich von Bartholomew jedoch dazu überreden, Mary jedes Jahr anonym nur eine Perle zu schicken.

„Doch vor kurzem bekam ich die Nachricht, daß der Schatz endlich gefunden ist." Thaddeus ließ die Bombe nun platzen. „Deshalb müssen wir unbedingt zu meinem Bruder nach Pondicherry Lodge, um Ihren Anteil zu fordern, Miß Morstan. Ich alleine würde ihn meinem Bruder nicht entreißen können. Dafür bin ich leider zu schwachen Gemüts." An seinem Tonfall war zu erkennen, wie sehr er sich selbst leid tat.

Jetzt ergriff Holmes die Initiative. Er sprang auf die Beine und forderte entschlossen: „Also, worauf warten wir noch? Erledigen wir die Sache, um unserer Klientin zu ihrem Recht zu verhelfen."

Kurz darauf peitschte Williams, so hieß der Kutscher, wieder die Pferde durch die Nacht. Thaddeus hatte sich aus Angst vor einer Erkältung so tief ver-

mummt, daß nur Augen und Nase aus den Bergen
von Schals hervorlugten. Während der Fahrt plap-
perte er trotzdem ohne Pause weiter.

Allerdings war es nicht uninteressant, was Sholto
zu berichten wußte. Er erzählte nämlich, wie sein
Bruder schließlich den Schatz gefunden hatte, dessen
Wert er mit der atemberaubend hohen Summe von
mehr als einer halben Million Pfund bezifferte.

Bartholomew hatte jeden Zoll im Haus vermessen
und kam dabei auf eine Gesamthöhe von 74 Fuß. Als
er aber die Höhen aller übereinanderliegenden
Räume und die Zwischendecken zusammenzählte,
fehlten da vier Fuß. Wo waren die geblieben? Bartholomew schlug ein Loch in die Decke des obersten
Stockwerks und entdeckte tatsächlich einen schmalen doppelten Boden. Und in diesem zugemauerten
Versteck stand die Schatztruhe.

Als ich plötzlich klarsah, daß Mary Morstan dabei
war, eine reiche Frau zu werden, erkannte ich erschrocken, daß ich mich für sie nicht freuen konnte.
Mir wurde statt dessen das Herz schwer. Das Luft-
schloß, in das ich mich hineingesteigert hatte, zer-
platzte. Die Riesensumme entfernte Mary nämlich
von mir so weit, als würde sie auf dem Mond leben.
Denn wer war ich schon? Ein mickriger Exmilitär-
arzt mit einem verwundeten Bein und einem löcheri-
gen Bankkonto, das gerade mich selbst ernähren
konnte.

Mit diesen Gedanken voller Selbstmitleid in meinem Gehirn erreichten wir Pondicherry Lodge.

Als wir ausstiegen, lag der Nebel von London hinter uns. Aber die milde schöne Nacht und der warme
Westwind konnten mich nicht aufmuntern. Helles
Mondlicht fiel auf Mary Morstans Gesicht und malte
es schöner denn je. Ich stapfte schwermütig hinter

ihr her. Allen voran ging Thaddeus Sholto, der uns leuchtete.

Auf Sholtos Klopfen öffnete uns ein kleiner, aber außerordentlich kräftiger Mann, was sogar im diffusen Halbdunkel des Eingangs erkennbar war. Seine Haltung war eindeutig ablehnend, als er sagte:

„Sie kommen vergeblich, meine Herren. Ich habe keine Erlaubnis, irgend jemanden einzulassen."

Thaddeus Sholto erwies sich hier nicht als der Mann, der sich durchsetzen konnte. Es hatte etwas Rührendes und gleichzeitig abstoßend Unterwürfiges an sich, wie er versuchte, Einlaß in das Haus seines eigenen Bruders zu bekommen. Ohne Erfolg. Kühl erklärte ihm dessen Faktotum, daß sein Herr heute noch nicht aus seinem Zimmer gekommen war und er ihn so spät nachts auch nicht mehr stören würde.

„Du solltest nicht so stur sein, McMurdo", meldete sich da die Stimme von Holmes neben mir. „Oder hast du schon vergessen, wie ich dir vor vier Jahren kräftig eins auf die Nase gegeben habe, als du noch Preisboxer warst?"

Der bullige Kerl stutzte. Er hielt seine Handlampe höher und stammelte: „Gütiger Himmel, das ist ja Mr. Holmes! Nein, wie könnte ich je den Kinnhaken vergessen, den Sie mir damals versetzt haben. Was wären Sie für ein Klasseboxer geworden. Kommen Sie nur herein, bitte." Er trat schnell zur Seite und ließ uns vorbei.

Holmes stieß mich grinsend in die Seite, während wir durch düstere enge Gänge schritten. Schon von außen bot dieses Haus ein beklemmendes Bild, wie ein schwarzer drohender Kasten stand es da. Dazu wirkten in dieser Mondnacht die Erdhaufen des total umgegrabenen, verwilderten Gartens wie frisch aufgeschüttete Gräber. Jetzt spürte ich plötzlich Mary

Morstans Hand schutzsuchend in meiner, und es war eine so selbstverständlich anmutende Geste, als wären wir schon seit Jahren vertraut miteinander. Mich durchströmte ein Glücksgefühl.

Es war totenstill in diesem Haus, ein Vergleich, der sich mir angesichts unserer seltsamen Prozession in dieser unheimlichen Umgebung aufdrängte. Kein Wunder, daß kalte Schauer über meinen Rücken jagten, als uns völlig unvorbereitet ein menschliches Wimmern entgegenwehte.

Thaddeus Sholto vor mir begann am ganzen Körper zu zittern und flüsterte: „Das kommt aus dem Zimmer von Mrs. Bernstone, der Haushälterin."

Holmes und McMurdo reagierten als erste und machten sich auf den Weg. Mary und ich folgten, wobei ich den ängstlichen Thaddeus kurzerhand am Arm mitschleifte.

Ihm stürzte die Haushälterin kurz darauf von einem hysterischen Weinkrampf geschüttelt in die Arme. Aus ihrem Geschluchze konnten wir mühsam heraushören, daß mit dem Hausherrn etwas Schreckliches passiert sein mußte. Mrs. Bernstone hatte vor wenigen Minuten beunruhigt durch das Schlüsselloch zu Bartholomews Zimmer geschaut, wo er sich den ganzen Tag über eingeschlossen hatte.

Wir mußten die Tür aufbrechen, was uns erst nach mehrmaligem Dagegenrennen glückte. Danach stach mir zuerst ein strenger, scharfer Geruch in die Nase, der aus einer zerbrochenen Flasche kam. Überhaupt standen etliche Phiolen und andere Gefäße herum, wie sie von Chemikern benützt werden. Doch unsere entsetzten Blicke hingen an einem grauenhaften Bild fest. Bartholomew Sholto saß zusammengesunken mit dem Gesicht zu uns an seinem Schreibtisch, mit weit aufgerissenen Augen und einem furchtbaren

Grinsen auf den Lippen. Neben ihm lag ein Stock, an dessen Ende ein Stein gebunden war. Holmes griff vorsichtig nach einem Fetzen Papier daneben, während wir alle noch wie versteinert dastanden und Mary ihren Kopf in meine Schulter vergrub.

„Das Zeichen der Vier", murmelte Holmes halblaut den hingekritzelten Text nach. Dann beugte er sich über den schon erstarrten Toten, und ich sah, wie er einen Dorn aus dessen Schläfe zog. Holmes hielt ihn gegen das Licht und sah dann uns an. Ernst sagte er: „Mord. Der Mann wurde vergiftet." Er machte einige Schritte zu einer Leiter, über der ein großes Loch in der Decke klaffte. Am Boden direkt darunter lag ein Seil.

„Ich nehme stark an, daß hier der Schatz versteckt war, und vermute ebenso stark, daß er nun im Besitz des Mörders ist", kommentierte Holmes seine Beobachtungen. Das endlich löste bei Thaddeus Sholto die Erstarrung, und er schrie los:

„Ja, ja, ganz recht. Dort war der Schatz. Mein Bruder und ich haben ihn von dort herausgeholt. Gestern nacht. Dann bin ich weggegangen, um Miß Morstans Entschädigung in die Wege zu leiten. O mein Gott! Mein armer Bruder!"

Er brach in lautes Gejammer aus. Holmes beendete es, indem er ihn zur nächsten Polizeiwache schickte, um den Mord zu melden. Dann bat er McMurdo, die Frauen in einen anderen Raum zu führen und sich um sie zu kümmern. Als ich mit Mary mitwollte, die sich immer noch an mir festklammerte, hielt er mich zurück:

„Dich brauche ich jetzt hier, Watson. Wir haben nicht lange Zeit, um Spuren zu sichern, bevor Polizisten hier herumtrampeln werden." Er zückte seine Lupe. „Sehr hilfreich, daß es vergangene Nacht wie aus Eimern gegossen hat", schmunzelte er dann, während er mir einen Platz in der Ecke des Zimmers zuwies. „Setz dich dorthin, während ich mit meinen Untersuchungen beginne."

Während der folgenden Minuten sah ich Holmes mal aufrecht, mal auf allen vieren, jeden Zentimeter des Raumes durch seine Lupe absuchen. Dabei gab er halblaute Kommentare von sich.

„Ah, siehst du, Watson, diese Spuren getrockneter Erde am Fußboden, ganz merkwürdige Spuren, nämlich kreisrunde. Von einem Holzbein, Watson, da bin ich ziemlich sicher. Erinnerst du dich, was Thaddeus Sholto darüber erzählt hat, welch panische Angst der alte Major vor einem Mann mit Holzbein hatte?" Er untersuchte das Fensterbrett. „Auch hier, Watson, dieser runde Abdruck neben einem normalen Schuhabdruck. Wie kommt ein Mann mit Holzbein hier oben durchs Fenster? Außerdem war es noch von innen verschlossen, genauso wie die Tür. Interessante Frage, nicht wahr? Wir sind hier mindestens fünfzehn Meter über dem Erdboden, und wenn du vorhin schon das Haus von außen genauer betrachtet hast, dann weißt du, daß es zu diesem Fenster hier weder eine Regenrinne gibt noch eine andere Möglichkeit, an der man hochklettern könnte."

So ging es eine ganze Zeit, ohne daß er von mir eine Antwort auf seine Fragen erwartet hätte. Ich hätte auch keine gewußt. Für mich wurde diese grauenhafte Geschichte immer rätselhafter, während Holmes' Gesichtsausdruck sich immer zufriedener aufhellte.

Doch dann verharrte er sehr nachdenklich auf den Knien neben dem ausgelaufenen Säurefleck, dessen übler Geruch den ganzen Raum beherrschte. Er starrte angestrengt durch seine Lupe. Als er sich schließlich wieder aufrichtete und mir zuwandte, war sein Ton sehr ernst:

„Erstaunlich, Watson, sehr erstaunlich und schauerlich zugleich. Komm herüber und überzeug dich selbst."

Er ließ mich durch seine Lupe sehen, und ich untersuchte die Stelle, die er mir zeigte. Ich sah deutlich, was er meinte, begriff es aber nicht, das heißt, die Schlußfolgerung, zu der ich kam, war so unglaublich, so schauderhaft, daß ich es nicht begreifen wollte.

„Ein Kind", stieß ich gepreßt hervor. „Das kann nicht wahr sein, Holmes. Bei diesem Verbrechen kann doch kein Kind geholfen haben!"

Über seine Lippen huschte ein leises, aber keineswegs humorvolles Lächeln, als er erwiderte: „Watson, was du hier siehst, ist sicher zweifellos ein Abdruck von der Größe eines Kinderfußes. Nicht mehr und nicht weniger habe auch ich gesehen. Trotzdem habe ich nicht gleich daraus geschlossen, daß es sich hier tatsächlich um ein Kind handelte."

„Du sprichst wie immer in Rätseln", entfuhr es mir ärgerlich. „Du selbst hast doch diese Entdeckung vorhin als schauerlich bezeichnet."

„Das ist sie auch, mein Lieber", meinte er sanft. „Das ist sie auch." Er deutete nach oben, auf das Loch in der Decke. „Dann wollen wir uns jetzt mal da oben umsehen. Ich denke, daß uns das einige meiner Vermutungen bestätigen wird."

Wir stiegen die Leiter hinauf durch das Loch und kamen in die niedrige Geheimkammer, in der die Schatztruhe gestanden hatte. Wir konnten uns nur auf dem Bauch robbend vorwärts bewegen, und außer fingerdickem Staub überall konnte ich nichts Auffälliges erkennen.

Holmes, der vor mir kroch und die Lampe hielt,

erreichte aber schließlich am anderen Ende dieses doppelten Bodens ein Giebelfenster, das er schräg nach oben aufstieß. Er drehte den Kopf zu mir nach hinten und erklärte zufrieden: „Siehst du, Watson, nur angelehnt. Hier kam das Wesen mit den kleinen Füßen herein, wie du nun auch sicher an den recht zahlreichen Abdrücken hier vorne in der Staubschicht bemerkst, dort wo ich jetzt leuchte. Der weitere Ablauf ist ganz klar."

„Mir ganz und gar nicht." Ich hustete, weil mir aufgewirbelte Staubpartikel in die Kehle gerieten.

„Kriech wieder zurück, und ich werde es dir unten veranschaulichen", gab er mir zur Antwort.

Wieder zurück in diesem Zimmer des Grauens, deutete er auf den Strick am Boden und erklärte mir: „An dem Seil sind ziemlich deutliche Blutspuren und auch Hautfetzen haftengeblieben. Der mit dem Holzbein hat sich natürlich daran hochgezogen, nachdem der andere es ihm durch das Fenster hinuntergelassen hatte. Später ist der Einbeinige wieder auf demselben Weg verschwunden, sein Helfer ist ihm durch die Dachluke nachgekommen. Letzterer muß äußerst gewandt sein. Doch daß er in die Säure hier getreten ist, dürfte ein großes Pech für ihn sein. Ein guter Hund, wobei ich die beste vierbeinige Schnüffelnase kenne, die . . ." Er wurde durch lautes Getrampel von der Treppe her unterbrochen. Dieser Lärm kündigte die Polizei an, wie sich gleich herausstellte.

Was sich dann abspielte, hätte als tragikomisches Theaterstück ein Publikum zu Begeisterungsstürmen hingerissen. Vor allem die hinreißend gespielte Rolle eines aufgeblasenen, dummen und im Telegrammstil polternden Polizeimenschen.

Dieser Einfaltspinsel mit Namen Jones brach förm-

lich in die grausige Wirklichkeit dieses Falles ein und
verhaftete schon einige Minuten später Thaddeus
Sholto wegen Mordes an seinem Bruder, was bei
dem sowieso schon arg gebeutelten Mann einen Ner-
venzusammenbruch auslöste.

„Tja, du hast hier den mir bereits bekannten Mr.
Athelney Jones in bewährter Ausübung seines Dien-
stes gesehen." Holmes lachte nach diesem Auftritt
leise. „Er ist bekannt dafür, daß er noch nie ohne
Verhaftung einen Tatort verließ. Allerdings habe ich
auch noch nie erlebt, daß davon nur ein einziger je
schuldig gesprochen wurde. Und bei Mr. Sholto wird
das nicht anders sein, da sei dir mal sicher, Watson."

Holmes bat mich nun, Mary nach Hause zu bringen und dann wieder hierher zurückzukommen, allerdings nicht, ohne vorher einen kleinen Umweg bei
einem guten Bekannten von Holmes gemacht zu haben.

Mittlerweile war es schon eine Stunde nach Mitternacht. Während Mary auf dem Nachhauseweg zu den
Forresters erschöpft an meiner Schulter lehnte, ging
mir durch den Kopf, zu welchem Schluß ich durch die
kurze Untersuchung des Mordopfers auf Holmes'
Bitte hin gekommen war. Die totale Verkrampfung
von Körper und Gesicht, in dem dieses unheimliche
Grinsen regelrecht eingefroren schien, wies auf eine
Vergiftung hin, wahrscheinlich durch ein sehr schnell
wirkendes Pflanzengift.

Dazu paßten die Reste einer durchsichtigen, kleb-
rigen Masse, die Holmes an der Spitze des Dorns
festgestellt hatte.

Nach Meinung von diesem unmöglichen Jones
hatte Thaddeus Sholto seinem Zwillingsbruder diesen Stachel in die Schläfe gedrückt und war dann
durch die Dachluke geflüchtet, mit dem Schatz. Da-

bei hätte ihm der bloße Anblick seines Verdächtigen zeigen müssen, daß Thaddeus keiner Fliege etwas zuleide tun konnte, noch die artistische Gelenkigkeit eines Fassadenkletterers besaß. Thaddeus zitterte ja bereits vor seinem eigenen Schatten und konnte einem jetzt wirklich leid tun.

Nachdem ich Mary bei den Forresters abgeliefert hatte, fuhr ich bei dem Bekannten von Holmes vorbei, der in einem Haus am Fluß wohnte. Davor, daß der gute Mann um diese nachtschlafene Stunde eine Meute Hunde auf mich hetzte, rettete mich allerdings nur die laute Nennung von Holmes' Namen. Auf dem Rückweg zu dem düsteren Mordhaus saß zu meinen Füßen dann die häßlichste Promenadenmischung, die ich in meinem Leben gesehen hatte. Jeder heruntergekommene Straßenköter hätte jaulend einen Bogen um diesen Vierbeiner gemacht, der auf den Namen Toby hörte.

Als erstes erfuhr ich bei meiner Ankunft, daß nun auch McMurdo wegen Beihilfe zum Mord verhaftet worden war. Jones hatte sich offenbar vorgenommen, das Haus hier erbarmungslos zu entvölkern. Mehrere Polizisten bewachten das Grundstück.

Wenigstens hatte man inzwischen die Leiche zugedeckt, sie aber zu meinem Entsetzen immer noch auf dem Stuhl belassen.

„Wie geht es der armen Mrs. Bernstone?" fragte ich Holmes, der mich pfeiferauchend erwartete. „Von einem der Polizisten unten habe ich erfahren, daß auch McMurdo verhaftet wurde."

Holmes wedelte ärgerlich mit einer Hand, als müßte er eine lästige Schmeißfliege vertreiben. „Nicht nur das, Watson", grollte er. „Dieser Dummkopf hat, abgesehen von mir, inzwischen alle mitgenommen, die auf zwei Beinen herumlaufen. Die

40

harmlose Haushälterin sitzt mittlerweile ebenso im Gefängnis wie ein indischer Diener, der im Nebentrakt wohnte. Wenigstens mit dem hat Jones nicht ganz danebengegriffen. Immerhin dürfte er der letzte Informant von Jonathan Small gewesen sein."

„Bitte, von wem?" wollte ich verwirrt wissen, worauf mich Holmes verblüfft musterte und meinte:

„Ich ging davon aus, das sei dir längst klar, Watson. Jonathan Small, der einzige Name eines Weißen, der auf diesem ominösen Schatzplan der Vier stand. Er ist natürlich der Einbeinige, vor dem Major Sholto diese höllische Angst hatte und zu dem auch das bärtige Gesicht gehört, das in seiner Sterbestunde durchs Fenster starrte. Logischerweise muß ihn ein Diener von Sholtos ernstem Zustand informiert haben. Da hieß es für Small schnell handeln, bevor der Major sein Geheimnis um den Schatz mit ins Grab nehmen konnte. Aber er kam um Minuten zu spät. So konnte er nur noch erfolglos das Zimmer des Majors durchwühlen. Und als jetzt der Schatz geborgen wurde, muß ihm der neue Diener von Bartholomew dies verraten haben. Möglicherweise hatte Small diesen Mann sogar bei Bartholomew eingeschleust." Holmes wanderte ruhelos im Zimmer auf und ab.

„In meinem Kopf dreht sich alles", bekannte ich. „Was hat es denn nun mit dem Zeichen der Vier auf sich? Wer sind diese Leute?"

„Das liegt völlig klar auf der Hand, Watson. Ehemalige Häftlinge des Lagers, das von Morstan und Sholto bewacht wurde. Denn die Schatzkarte gehörte den vieren, wie ihre Unterschriften darauf beweisen. Da sie den Schatz aber nicht selbst hoben, waren sie wohl durch irgendwelche Umstände daran gehindert. Also erledigten das Sholto und Morstan, worauf der gierige Major mit dem Vermögen durchbrannte. In dem Brief, den er Jahre später aus Indien erhielt und der ihm einen solchen Schrecken einjagte, stand sicher, daß die Gefangenen, vielleicht auch nur einer davon, geflohen waren. Aber auf jeden Fall war ihm nun dieser Small auf den Fersen."

Während er redete, zog Holmes Schuhe und Strümpfe aus und drückte sie mir in die Hand. „Geh mit Toby vors Haus und warte da auf mich, Watson", ordnete er an. „Ich selbst werde den Fluchtweg durch das Fenster in der Decke benützen." Er nickte mir zu und stieg durch das Loch nach oben, eine starke Lampe in der rechten Hand.

Dieses Licht konnte ich dann von unten verfolgen, wie es auf dem Dach entlangwanderte, um das ganze Haus herum. Als ich hinten ankam, sprang Holmes gerade von einem flachen Dachvorsprung auf eine zugedeckte Regentonne. Er zog sich wieder vollständig an und meinte leichthin: „Für unseren guten Thaddeus sicher eine zu schwierige Kletterei, aber für jemanden mit guter Kondition und Beweglichkeit kein Problem. Und außerdem habe ich die tödliche Munition des Kleinen gefunden, die er wohl verloren hatte."

Er zeigte mir einen geflochtenen Beutel und leuchtete hinein. Ich schauderte, als ich darin mehrere dieser Giftdornen sah, wie sie für den Mord verwendet worden waren.

Jetzt kam Tobys Stunde. Holmes ließ ihn an einem Taschentuch, das er im Zimmer in die ausgelaufene Säure getaucht hatte, Witterung aufnehmen. Tobys Gang bei der anschließenden Verfolgung der Fährte erinnerte mich zwar an das Torkeln eines stark betrunkenen Seemanns, aber dabei ging er mit einer Zielstrebigkeit zu Werke, die mir dieses komische

42

Vieh in einem neuen Licht erscheinen ließ. Im stillen leistete ich ihm Abbitte dafür, daß ich ihn bisher bestenfalls belächelt hatte. Eine Stunde später fluchte ich schon wieder auf ihn, weil er so hetzte, daß mein versehrtes Bein schmerzte.

Etwa sechs Meilen weit lotste er uns durch Seitenstraßen bis zum Knight's Place. Wie mir jetzt in den Sinn kam, ziemlich genau die Entfernung, die Holmes mir vorher so ganz nebenbei vorausgesagt hatte. Doch dort benahm sich der Hund zum erstenmal unsicher, drehte sich im Kreis, winselte, lief vor und zurück, bis er endlich wieder in eine Richtung zog. Man kann sich unsere Verblüffung vorstellen, als wir plötzlich vor einem Lagerhaus landeten, vor dem etliche leere Kreosotfässer standen. Unwillkürlich brachen wir in lautes Gelächter aus, während Toby erfreut mit dem Schwanz wedelte.

Danach war uns beiden schnell klar, daß sich an der Knight's Place mehrere Kreosotspuren gekreuzt haben mußten. Also zurück dorthin und einer anderen folgen, in der Hoffnung, die richtige zu erwischen. Die neue Fährte endete dann allerdings mit einer echten Enttäuschung. Toby führte uns zu einem Ablegeplatz am Fluß, und von dort war es keinem Hund der Welt möglich, der Spur weiter zu folgen.

„Mit einem Boot geflüchtet", erkannte Holmes resigniert. Diese Stimmung dauerte bei ihm nur eine halbe Minute, dann ließ er seine Augen auf einem Holzhaus ruhen, das ein Schild über der Tür als den Bootsverleih eines gewissen Mordecai Smith benannte. Holmes steuerte darauf zu, als ein junger Bengel herausgewetzt kam, verfolgt von einer grobschlächtigen Frau, die hinter ihm her schrie:

„Komm her, Jack, warte, wenn dein Vater nach Hause kommt. Dann setzt es eine Tracht Prügel!"

Holmes schnappte den Flüchtling am Kragen und beutelte ihn sanft. Der Junge schnaufte erbost, schielte aber in der nächsten Sekunde lauernd auf ein Schillingstück, das ihm Holmes mit der anderen Hand anbot. Blitzschnell schnappte er danach, aber noch schneller schloß Holmes die Faust darüber und lachte: „Nicht so gierig, du Lauser. Erst beantwortest du mir eine Frage." Er warf einen Blick auf den riesigen Haufen Koks neben dem Haus. „Nehme an, ihr habt auch ein Dampfboot. Ist es im Moment zu vermieten?"

„Leider nein", kam die Antwort von der Frau, die außer Atem neben uns anlangte. „Damit ist mein Mann unterwegs."

Holmes ließ den Jungen los und warf ihm den Schilling zu.

„Wird es lange dauern?" fragte er in gleichgültigem Tonfall. „Wenn ja, müßte ich mich nach einem anderen schnellen Schiff umsehen. Wird ja wohl in der Umgebung eines zu finden sein."

Die Frau stemmte die Arme in die Hüften und protestierte heftig: „Mein Herr, ein besseres Boot als unsere ‚Aurora' werden Sie am ganzen Fluß nicht auftreiben. Und ein schöneres auch nicht, frisch gestrichen, schwarz mit roten Streifen, und ein Schornstein mit blütenweißem Band herum. Nur der Passagier paßt ganz und gar nicht dazu. Dieser schmuddelige Holzfuß."

„Scheint nicht zu Ihren Freunden zu gehören!" Holmes nickte verständnisvoll. Da traf er ins Schwarze. Ein neuerlicher Redeschwall der energischen Frau war die Folge:

„Das können Sie wohl sagen. Schon seit Tagen lungerte der hier herum, und vorgestern nacht mußte mein Alter die ‚Aurora' unter Dampf halten. So um drei Uhr früh klopfte das Hinkebein ihn dann aus dem Bett, kaum daß er sich eine halbe Stunde aufs Ohr gelegt hatte. Mein ältester Sohn hatte ihn abgelöst, müssen Sie wissen. Ja, und dann sind sie alle drei losgedampft. Dabei können sie nicht weit kommen, sowenig Kohle, wie mein Alter noch geladen hatte. Wenn ich nur daran denke, daß er jetzt unterwegs bei irgendeinem Halsabschneider am Fluß welche kaufen muß, wo wir eh kaum genug zu beißen haben, weil der Alte alles versäuft und . . ."

„Schon möglich, daß der mit dem Holzbein Ihren Mann in eine zwielichtige Sache hineinziehen will", unterbrach sie Holmes mitfühlend. „Meistens ist solches Gesindel ja auch nicht allein unterwegs."

„Der war es schon", schüttelte die Frau den Kopf. „Habe jedenfalls keinen anderen bei ihm gesehen. Aber der Kerl ist alleine Gesindel genug, das können Sie mir glauben. Und ich weiß nicht einmal, wo er meinen Alten hinschleppen will." Sie schlug die Hände über dem Kopf zusammen und wollte gerade anfangen, jetzt über das ungewisse Schicksal ihres Alten zu jammern. Das schlug Holmes und mich in die Flucht, selbst Toby hatte es eilig davonzukommen.

An der nächsten Straße nahmen wir uns eine Droschke. Auf der Fahrt zur Baker Street gab Holmes schnell ein Telegramm auf und lud mich dann zu einem ordentlichen Frühstück ein. Während er merkwürdigerweise bester Laune war, fühlte ich mich wie gerädert. Das änderte sich erst nach einem Bad. Nach dem Frühstück ging es mir dann wieder so gut, daß ich mich bereit erklärte, Holmes auch in der Endphase des Falles weiterhin zu begleiten. Seinen Optimismus, den er dabei allerdings zur Schau trug, konnte ich nicht teilen. Der oder die Mörder hatten immerhin einen Vorsprung von jetzt ziemlich genau neunundzwanzig Stunden. Meiner Meinung nach waren sie längst außer Landes.

„Ich behaupte das Gegenteil, Watson", meinte Holmes überzeugt. „In einem der unzähligen Verstecke entlang dem Fluß sind sie doch während der heißen Phase der Jagd nach ihnen viel sicherer als mitten auf der Themse. Sie konnten ja nicht wissen, wann genau die Tat entdeckt werden würde und wollten bestimmt erst einmal herausfinden, wer wann wo hinter ihnen her ist. Und wenn sie heute die Morgenzeitungen lesen, sind sie um so ruhiger. Sie werden nämlich von den Verhaftungen unseres Superkriminalisten erfahren und sich darüber totlachen. Aber deshalb dürfen wir ab jetzt auch wirklich keine Zeit mehr verlieren, sollen sie uns nicht doch noch durch die Lappen gehen." Er sah auf die Uhr, die auf kurz nach acht zeigte, und lächelte: „Jeden Moment erwarte ich den Empfänger meines Telegramms, den Chef der besten Hilfstruppe, die sich ein Detektiv nur wünschen kann. Von Wiggins und seinen Jungs könnten manche Herren bei Scotland Yard sich noch eine Scheibe abschneiden."

Die Meute, die zehn Minuten später an unserer bestürzten Hauswirtin Mrs. Hudson vorbeistürmte, war ein verwegener Haufen von Dreikäsehochs. Sie bauten sich in Reih und Glied auf, was auf komische Art militärisch wirkte.

Einer von ihnen trat vor und legte zackig eine Hand an seine Schirmmütze. Dabei schnarrte er: „Leutnant Wiggins zur Stelle, Sir. Erwarte Ihre Befehle."

Mit einer raschen Handbewegung warf ihm Holmes eine Münze zu, die der Junge so schnell auffing, wie er sie in seine Hosentasche wegzauberte. „Fürs

Fahrgeld. Lohn wie immer und ein Extrahonorar für denjenigen, der findet, was ich suche."

Ohne einen Mucks hörte die Bande zu, wie ihnen Holmes die „Aurora" beschrieb, die irgendwo flußabwärts versteckt liegen mußte. Dann stürmten sie los, wobei sie draußen fast wieder Mrs. Hudson überrannten, die ihnen lauthals hinterherschimpfte.

Ich meldete Zweifel an, daß ein Dutzend zehn- bis vierzehnjähriger Bengel ein Schiff finden konnte, für das es in den Winkeln des Flusses Hunderte von Verstecken gab.

„Und wenn es tausend wären, Wiggins und seine Burschen würden sie finden", ließ sich Holmes nicht erschüttern. „Und bis dahin werden wir uns mit dem Komplizen von Jonathan Small beschäftigen, der Bartholomew Sholto ins Jenseits geschickt hat. Ist dir eigentlich bei diesen Fußspuren aufgefallen, daß die Zehen ungewöhnlich weit auseinanderstanden?"

„Jetzt, wo du es erwähnst . . ." Ich gähnte, weil ich wieder müde wurde. „Aber was ist an dieser Tatsache so bedeutend?"

„Nun, es sagt mir einfach, daß diese Füße nie Schuhe getragen haben. Ein Naturbursche besonderer Art, wie ich dir wahrscheinlich gleich beweisen kann." Er griff sich einen bestimmten Band eines Lexikons und hatte nach kurzem Blättern gefunden, was er suchte.

„Hier haben wir es schon, Watson. Ein höchst bemerkenswerter Absatz über die Ureinwohner der Andamanen, eine der kleinsten Menschenrassen, die es gibt, wie hier steht. Dazu sollen sie außerordentlich wild und feindselig sein, wobei sie Schiffbrüchige mit steinzeitlichen Äxten zu erschlagen pflegen. Fällt dir etwas auf?"

„So eine Waffe lag bei dem toten Sholto", rief ich

spontan aus. „Du hattest wieder einmal den richtigen Riecher."

Holmes las weiter:

„Ihre Feinde töten sie außerdem auch mit vergifteten winzigen Pfeilen, die sie mit großer Präzision aus Blasrohren abfeuern. Gefährlich macht sie ihre geringe Körpergröße, die kaum einen Meter und zwanzig überschreitet, weil sie dadurch in hohem Gras praktisch unsichtbar sind und der Dschungel ihnen zusätzlich eine perfekte Deckung bietet, in deren Schutz sie sich fast lautlos bewegen können. Nicht einmal die britische Armee brachte es fertig, diese Wilden zu unterwerfen. Nur vereinzelt hörte man davon, daß ein Weißer mit einem dieser furchtbaren Kannibalen eine Art von Freundschaft schließen konnte, was diesen jedoch auch nicht vor der Unberechenbarkeit des zwergengroßen Volkes sicher schützt."

Eine halbe Stunde später war ich eingeschlafen. Ich träumte von bemalten kleinen Wilden, die schreiend um einen Gefangenen herumtanzten, während ein riesiger Kochtopf auf einem primitiven Feuer stand. Verzweifelt drängte ich mich durch die Reihen der immer ekstatischer werdenden Kannibalen.

Ich wachte schweißüberströmt auf, als ich entsetzt sah, daß der Gefangene Mary Morstan war, die mich mit ihren großen Augen um Hilfe anbettelte.

Ich brauchte eine Weile, um mich in der Wirklichkeit wieder zurechtzufinden. Gerade noch bekam ich den letzten Teil der Berichterstattung von Wiggins mit, der Holmes zerknirscht meldete, daß seine Leute keine Spur von der „Aurora" gefunden hatten. Holmes schickte ihn wieder los, um weiter die Augen offenzuhalten.

„Welch ein Schlag ins Wasser", murmelte Holmes düster. „Völlig unerwartet, wie ich zugeben muß, Watson. Ich bin wie vor den Kopf geschlagen."

Dann begann er, rastlos auf und ab zu gehen, und Minuten später hatte er mich völlig vergessen. Er war in einem derart nervösen Zustand, daß ich es nicht lange ertragen konnte. Ich beschloß, Mary zu besuchen, und versprach ihm, in ein paar Stunden wieder zurück zu sein. Ich kann nicht einmal sagen, ob er meinen Weggang bemerkte.

Als ich in die Baker Street zurückkehrte, empfing mich eine sorgenvolle Mrs. Hudson. Holmes hatte das Abendessen abgelehnt und sich in sein Schlafzimmer zurückgezogen. Ich wußte, daß es sinnlos war, ihn in diesem Zustand zu stören. Ich lag noch lange wach und hörte ihn unablässig hin und her gehen.

Am nächsten Morgen saß er bleich und mit rotgeränderten Augen am Frühstückstisch, ohne etwas zu essen. Sicher hatte er keine Minute geschlafen. So ereignislos wie der gestrige verlief dann auch dieser Tag, und der Zustand von Holmes verschlechterte sich rapide. Seine Augen glänzten fiebrig, und die Wangen waren eingefallen.

So grübelte er verbissen vor sich hin, bis er plötzlich aufstand und fauchte: „Ich halte das nicht mehr aus, Watson. Ich ziehe los und suche diese verdammten Burschen selbst, und wenn ich jeden Stein entlang der Themse umdrehen muß. Das ist besser, als hier herumzusitzen und untätig zu warten, bis Small und sein Mordbube endgültig auf Nimmerwiedersehen gesagt haben."

„Und was soll ich dabei tun?" wollte ich wissen.

„Ich muß dich darum bitten, hier die Stellung zu halten, falls doch noch eine Nachricht von meinen Hilfstruppen kommt. Dann müßtest du in eigener

Verantwortung Schritte unternehmen. Du würdest das Richtige tun, da mache ich mir keine Sorgen."

Damit ließ er mich zurück. Die nächsten Stunden zogen sich schier endlos dahin. Ich dachte an Mary, die unerreichbar für mich werden würde, sollte Holmes den Schatz finden. Zum erstenmal wünschte ich meinem Freund, daß ihm die Verbrecher, die er jagte, entkamen. Aber in der nächsten Sekunde schalt ich mich einen selbstsüchtigen alten Narren. Wie konnte ich Mary ihren Reichtum nicht gönnen, nur wegen meiner Verliebtheit! Andererseits glaubte ich zu wissen, daß sie meine Gefühle erwiderte. Während ich in meinem Innersten so hin- und hergerissen wurde, kam der Nachmittag und mit ihm der unerträgliche Kriminalbeamte Athelney Jones.

Doch er hatte nichts mehr mit dem arroganten Kerl gemein, den ich am Abend vorher kennengelernt hatte. Seine Selbsteinschätzung mußte ordentlich gelitten haben, wie ich aus seinem plötzlich überhöflichen Benehmen ersehen konnte. Ich erfuhr auch gleich, warum.

Jones ließ sich in den Sessel fallen, den ich ihm anbot, und seufzte tief. „Diesen Fall hat der Teufel selbst ausgebrütet. Dabei hatte ich die Fische schon sicher im Netz geglaubt. Alles sah so eindeutig aus. Doch jetzt habe ich Mr. Sholto und Mrs. Bernstone wieder nach Hause entlassen müssen."

„Was mich nicht im mindesten überrascht", bemerkte ich trocken. „Wie sind Sie denn nun endlich auch auf die Unschuld dieser beiden armen Menschen gekommen?"

„Ja, ja, Sie haben ganz recht, mir den Stachel ins Fleisch zu stoßen", bemitleidete er sich selbst. „Es hat sich eben herausgestellt, daß Mr. Sholto unmöglich der Mörder sein kann. Seit er das Zimmer seines

Bruders verließ, hat er Alibis von allen möglichen Leuten, die ihn gesehen haben. Und Mrs. Bernstone schwört Stein und Bein, daß sie nachher noch mit Mr. Bartholomew Sholto gesprochen hat. Und ich kann diese Frau nicht mehr für eine Komplizin halten und muß ihr deshalb glauben. Mein Chef hat mir das auch nahegelegt", gab er leise zu.

Ich konnte mir ein Lächeln nicht verkneifen, wenn ich mir vorstellte, wie Jones belämmert vor seinem Vorgesetzten stand und dessen Standpauke über seine Dummheit über sich ergehen lassen mußte. Generös bot ich ihm eine Zigarre und einen Brandy an, was er beides dankbar annahm. Ständig wischte er sich mit einem riesigen Taschentuch den Schweiß von der Stirn. Der arme Athelney war gehörig ins Schwitzen gekommen, was sicher nicht an der Temperatur in diesem Raum lag. Schließlich kam er auf den Grund seines Besuchs zu sprechen.

Er zog ein Telegramm aus seiner Tasche und gab es mir. Ich las, daß es von Holmes aufgegeben war und er Jones darin in die Baker Street bestellte, wo er auf ihn warten sollte. „Der Sholto-Fall steht vor dem Abschluß", war der Hinweis, der den Beamten so schnell hierhergetrieben hatte.

Statt Holmes aber erschien als nächster Besucher ein asthmatischer alter Seebär. Er war so zittrig, daß ich fürchtete, er könne jede Sekunde zusammensinken, aber er musterte uns mit unverhohlener Neugier und krächzte:

„Ist einer von euch dieser Holmes? Ich soll ihm eine wichtige Nachricht überbringen."

Bevor ich antworten konnte, erwachte in Jones wieder der autoritäre Scotland-Yard-Mann. Er herrschte den Alten an: „Mr. Holmes ist nicht hier. Aber Ihre wichtige Information können Sie auch bei mir an den Mann bringen. Ich bin Inspektor Jones von Scotland Yard."

Das beeindruckte den anderen jedoch überhaupt nicht. Seine Augen unter den buschigen grauen Augenbrauen sahen Jones gleichgültig ins Gesicht. „Ist mir wurscht, wer Sie sind", nuschelte er. „Entweder sage ich es dem Holmes persönlich oder keinem. Da können Sie sich aufblasen, wie Sie wollen."

Jones schoß die Röte ins Gesicht. Aber bevor er lospoltern konnte, riß sich der Alte blitzschnell die falschen Haare herunter, und seine ganze Haltung änderte sich. Vor uns stand ein lachender Sherlock Holmes!

Jones verschluckte sich und bekam einen Hustenanfall. Holmes klopfte ihm jovial auf den Rücken, während er mir zugrinste und schließlich zu ihm sagte: „Ich wollte Sie mit meinem Auftritt nicht gleich umwerfen, Jones. Sobald Sie wieder Luft bekommen, würde ich Ihnen gerne meinen Plan für heute abend erläutern."

Jones räusperte sich. „Danke, geht schon wieder, Mr. Holmes. Sie können einen aber auch überrumpeln."

„Ein Zeichen, daß meine Maske den Ansprüchen meiner Arbeit genügt." Holmes nickte zufrieden. „Ich war den ganzen Tag als alter Seebär unterwegs. Und ich habe die ,Aurora' gefunden."

„Ah", rief ich überrascht. „Ich habe nie daran gezweifelt, daß der Knoten noch platzt." In Gedanken fügte ich allerdings verschämt ein „leider" hinzu, weil ich an Mary Morstan dachte.

Dem Inspektor mußte Holmes erst erklären, worum es bei der ,Aurora' eigentlich ging. Dann erzählte er uns, wie er das Schiff gefunden hatte: „Dieses verdammte Boot befand sich weder auf der

Themse, noch war es inzwischen wieder beim heimatlichen Landesteg angekommen. Also, welche Möglichkeiten blieben noch übrig?"

„Sie haben es versenkt", fiel mir spontan ein.

„Daran habe ich auch schon gedacht", bestätigte Holmes. „Nur, wer versenkt so ein ideales Fluchtfahrzeug? Das ist Unsinn. Und ich war sicher, daß die Kerle noch nicht außer Landes waren. Schließlich hatte Small das Haus des Majors längere Zeit schon überwacht. Dazu mußte er einen perfekten Unterschlupf in London haben. Warum sollte er den aufgeben, fragte ich mich, solange die Aufregung um den Fall noch hohe Wellen schlug? Und es mußte, beziehungsweise muß, wirklich ein verdammt guter Ort sein, denn gerade Smalls seltsamer Begleiter würde sofort ganz London in Aufruhr versetzt haben, hätte ihn auch nur irgend jemand zu Gesicht bekommen. Also, was ergibt sich daraus, daß die beiden in ihrem Versteck hocken und erst einmal abwarten, wie sich die Lage entwickelt?"

Jones furchte angestrengt die Stirn, ohne daß er zu einem Ergebnis kam. Auch ich schüttelte den Kopf.

„Nun, es muß ihm doch wichtig sein, für den Fall der Fälle die ,Aurora' zur sofortigen Flucht in seiner Nähe zu haben", erläuterte Holmes. „Aber versteck einmal ein Dampfschiff einige Tage, wenn schon intensiv nach dem Boot gesucht wird ..."

Der Inspektor zog den Kopf ein und brummte undeutlich etwas von einer Verkettung unglücklicher Umstände.

„Wo fällt eine Nadel am wenigsten auf?" wandte sich Holmes leise lächelnd an mich. „Sag jetzt nicht, im Heuhaufen. Denn dort fällt sie natürlich ganz besonders ins Auge, man muß nur lange genug suchen."

„Ich würde sagen, unter anderen Nadeln", überlegte ich schnell, weil ich den Heuhaufen schon auf den Lippen gehabt hatte.

„Voll ins Schwarze, Watson", lobte Holmes. Jones glotzte verständnislos.

Holmes fuhr fort: „Und so kam ich auf die Idee, die Reparaturdocks abzuklappern. Wo könnte ein Boot besser versteckt liegen als praktisch unter aller Augen inmitten anderer Boote! Wer denkt schon daran, daß ein Fluchtfahrzeug repariert wird? Tja, dieser Small hat so simpel wie genial gedacht. Nach zwei Dutzend Docks wurde ich endlich fündig. In einer Werft, nahe dem Tower, lag die ‚Aurora' wegen eines angeblich defekten Steuerrads, was aber, wie mir ein Arbeiter mitteilte, nicht den Tatsachen entspricht. Auch sonst wurde kein Schaden gefunden. Im Gegenteil, die ‚Aurora' ist bestens in Schuß."

„Um Himmels willen, und wenn sie inzwischen ausgelaufen ist", fuhr Jones hoch. „Ich muß sofort . . ."

„In aller Ruhe mit uns zu Abend essen", beruhigte ihn Holmes. „Zur Zeit bewacht einer von Wiggins' Jungens das Schiff. Nur zur Sicherheit, denn die ‚Aurora' wird nicht vor acht Uhr auslaufen. Das weiß ich von keinem anderen als Mordecai Smith."

„Ah", rief Jones. „Warum haben Sie den Kerl nicht gleich mitgebracht? Wir hätten schnell aus ihm herausgequetscht, wo sich Small und dieser Kannibale verkrochen haben. Das hätten Sie ruhig mir überlassen können, auf so was verstehe ich mich."

„Das glaube ich gern", erwiderte Holmes ironisch. „Und sicher hätten Sie erfahren, daß Mordecai Smith, der übrigens kräftig angetrunken auf die Werft getorkelt kam, keine Ahnung von dem Versteck der beiden gehabt hätte. Small ist bestimmt nicht so dumm gewesen, es ihm zu verraten. Er wird ihm einen respektablen Batzen Geld in die Hand gedrückt und mit seinem Sohn in eine Absteige geschickt haben, wo er ihn, falls nötig, benachrichtigen läßt. Und genau das hat er heute getan. Er schrie nämlich auf dem Gelände herum, daß er das Schiff pünktlich um acht fertig zum Auslaufen haben müßte."

„Dann nichts wie hin", ereiferte sich Jones und sprang auf. „Ich werde diese Werft so abriegeln, daß nicht einmal eine Fliege ungesehen durch meine Maschen sausen könnte."

„Das wäre völlig falsch", korrigierte ihn Holmes milde und drückte ihn in den Sessel zurück. „Wenn Small einen Beobachter vorausschickt und die Lage peilen läßt, wird er den Braten schnell riechen und erst gar nicht kommen. Und in diesem Fall dürfte es für uns um so schwieriger werden, ihn jemals wieder zu Gesicht zu bekommen."

Jones seufzte niedergeschlagen. „Sie haben recht, Mr. Holmes. Ich habe heute nicht meinen besten Tag. Was schlagen Sie also vor?"

Holmes zündete sich eine Pfeife an und lehnte sich behaglich zurück. „Ich schlage vor, daß Sie sich unter mein Kommando stellen, Jones. Was anschließend die öffentliche Darstellung des Falls angeht, können Sie dann meinetwegen im hellsten Licht erstrahlen. Einverstanden?"

„Ich bin Ihr Mann, Mr. Holmes", röhrte Jones, dem das natürlich gefiel. Selbst er hatte wohl inzwischen eingesehen, daß er ohne Holmes die Verbrecher nie erwischen würde.

„Dann brauchen wir um sieben ein schnelles Dampfschiff der Wasserpolizei", forderte Holmes zufrieden.

„Kein Problem", versicherte Jones wichtig. „Das

erledige ich im Handumdrehen." Und geschäftig eilte er davon.

So stiegen wir pünktlich am Westminster-Landeplatz in ein Dampfboot, von dem Holmes alles, was es als Polizeischiff hätte verraten können, abnehmen oder verdecken ließ. Außer uns dreien, dem Steuermann und dem Maschinisten waren noch zwei robuste Polizisten an Bord, die sehr beruhigend auf mich wirkten. In meiner Tasche steckte mein alter Armeerevolver, zu dem mir Holmes für die nächtliche Jagd dringend geraten hatte. Auch er war bewaffnet.

Während wir in Richtung Tower dampften, registrierte Holmes befriedigt, daß uns Jones wirklich ein schnelles Boot beschafft hatte. Die Sonne versank gerade, als wir schräg gegenüber von dem Dock ankamen, wo die „Aurora" lag. Hier, in der Deckung einiger Lastkähne, wollten wir bei langsamster Fahrt auf und ab kreuzen. Holmes hatte mit einem der Jungen abgemacht, daß der mit einem weißen Tuch herüberwinken würde, sobald die „Aurora" auslief. Holmes beobachtete unablässig das andere Ufer durch sein Nachtfernglas. Alle an Bord standen unter einer starken inneren Anspannung.

Würden wir wirklich schnell genug sein, die „Aurora" abzufangen, lautete die bange Frage.

Drüben drängten nun die Arbeiter aus der Werft nach Hause, teilte uns Holmes soeben kurz mit, ohne das Glas von den Augen zu nehmen. Jones stand neben mir und verzichtete sogar darauf, sich durch seine gewohnten Kommentare hervorzutun. Er starrte nur angestrengt und schweigsam auf das Gewirr von Masten hinüber, aus denen die „Aurora" jeden Augenblick hervorschießen konnte. Es war kalt, und unser Atem stand wie eine kleine Wolke vor unseren Mündern.

„Das Tuch, da ist das Zeichen", stieß Holmes plötz-
lich gepreßt heraus. „Und da ist schon die ‚Aurora'.
Sie ist teuflisch schnell. Los, los! Hinterher, was der
Kessel hergibt!"

Nun schoß auch unser Boot durch die Wellen. O
ja, die „Aurora" machte wirklich Fahrt! Holmes
schrie erregt in unseren Kesselraum zum Heizer hinunter und trieb ihn an, das Letzte aus unserem Boot
herauszuholen. Es knirschte und bäumte sich auf.

„Wir holen auf", schrie Athelney Jones und trat
nervös von einem Bein auf das andere. Auch mich
hatte das Jagdfieber gepackt, ich klammerte mich an
die Reling und starrte gebannt auf die „Aurora".

Dann konnte unser Steuermann gerade noch vermeiden, einen Schlepper zu rammen, der plötzlich
quer auf uns zukam, mehrere Kähne im Schlepptau.
Als die Gefahr vorüber war, hatte sich der Abstand
zwischen der „Aurora" und uns schon wieder vergrö-
ßert. Holmes fluchte laut. Der Heizer arbeitete wie
besessen, der Kessel glühte rot und drohte zu ber-
sten, aber niemand achtete auf diese Gefahr. Nur die
„Aurora" war wichtig. Wir mußten sie einfach einholen!

Schließlich waren wir ihr auf gut vier Längen nahe
gekommen und sahen den alten Bootseigner halb-
nackt den Kessel schüren, während sein Sohn das
Steuer bediente. Am Heck aber stand der bärtige
Einbeinige und schrie und tobte, mal zu Mordecai
Smith hin, dann wieder mit erhobener Faust zu uns
her. Unser Boot aber schoß wie ein Pfeil durch die
Wellen.

Dann schrie Small etwas nach unten, und wie eine
Ausgeburt der Hölle erschien über der Reling am
Heck ein unförmig breiter Kopf, in dem die Augen
wie glühende Kohlen saßen. Ich glaubte, den wilden

Haß, der daraus sprühte, beinahe körperlich zu spüren, und sah jetzt auch die gefletschten Zähne hinter den breiten, wulstigen Lippen.

Ganz automatisch hatte ich meinen Revolver schon gezogen, als Holmes neben mir schrie: „Schieß, Watson, sobald du seine Hände siehst!" Er hatte kaum diesen Befehl gegeben, als der Zwerg ein Blasrohr an die Lippen setzte, so schnell, daß ein menschliches Auge kaum folgen konnte. Wir waren jetzt sehr nahe.

Holmes, ich und auch einer der Polizisten schossen gleichzeitig. Den Wilden riß es herum, und dann kippte er im Zeitlupentempo kopfüber in die schäumende Themse. Noch einen Wimpernschlag lang sah ich sein Gesicht, dann war er verschwunden.

Holmes aber deutete ernst auf den Rand der Reling direkt vor mir, und ich sah den Dorn darin stekken. Als mir im selben Augenblick klar wurde, daß ich nur um Zentimeter dem Tod entronnen war, mußte ich mit einem plötzlichen Brechreiz kämpfen. Einen Augenblick spürte ich Holmes' stützende Hand unter meiner Achsel, dann war der Schwächeanfall vorüber.

Vor uns hatte Jonathan Small inzwischen rasend schnell reagiert, sich auf das Ruder gestürzt, so daß die „Aurora" jetzt in einem spitzen Winkel von uns weg, auf das Ufer zudampfte, als wir sie gerade erreicht hatten. Von dem Wendemanöver überrascht, brauchte unser Steuermann einige Zeit, um der „Aurora" wieder zu folgen.

Aber dieser Eile bedurfte es nicht mehr. Unter vollem Mondlicht lief die „Aurora" knirschend auf. Jonathan Small schwang sich mit seinem Holzbein über die Reling und versuchte, ans Ufer zu entkommen. Aber sein Holzbein wurde ihm dabei zum Ver-

hängnis. Wir konnten in aller Ruhe beobachten, wie
es im Schlick versank, und je heftiger Small versuchte, es herauszuziehen, um so tiefer sank er ein.
So mußte er hilflos darauf warten, daß wir ihn zu uns
herüberzogen. Währenddessen kümmerten sich die
Polizisten schon um Mordecai Smith und seinen
Sohn. Die dramatische Jagd war zu Ende. Wir nahmen die „Aurora" ins Schlepptau, und der Mond
schien auf die Schatztruhe, die wir von drüben bar-
gen und in unsere Kajüte trugen. Drinnen tobte und
brüllte Jonathan Small, der einsehen mußte, daß er
endgültig verloren hatte.

Als er sich endlich beruhigte, huschte ein Lächeln
über seine Lippen, das ich mir in seiner Situation
nicht erklären konnte, selbst dann nicht, als er uns
erklärte: „Den Schlüssel könnt ihr lange suchen. Den
habe ich in den Fluß geworfen."

Was konnte es schon für ein Problem sein, diese
Kiste aufzustemmen, dachte ich. „Ein billiger und
absurder Triumph, Jonathan Small." Ich versuchte,
in seinem sonnengegerbten Gesicht mit den kalt blik-
kenden Augen seine Gedanken zu ergründen. Aber
seine Miene war jetzt ausdruckslos.

Holmes plazierte sich vor ihm. Zu meiner Überraschung bot er ihm eine Zigarre und Whisky aus einer
Flasche an, die er ihm auch noch an den Mund setzte.
„Das wird Ihnen guttun, durchnäßt, wie Sie sind",
sagte er.

Small hielt nun die Flasche selbst mit seinen gefesselten Händen fest und nahm einen tiefen Zug, so
daß ihm die goldfarbene Flüssigkeit aus dem Mund-
winkel rann. Small leckte die Tropfen schmatzend
ab. Dann sah er zu Holmes hoch, der ihm die Zigarre
zwischen die Lippen steckte. Diesmal hatte sein bärti-
ges Gesicht, das ich in seinem Jähzorn so erschrek-

kend gefunden hatte, nichts Unsympathisches mehr an sich.

„Ich denke, daß ich Sie vor dem Henker bewahren kann", sagte Holmes langsam. „Wenn ich das Gift analysiere, wird wohl dabei herauskommen, daß Sie nichts mehr für Sholto tun konnten, als Sie durchs Fenster kletterten. Der Mord dürfte auf das alleinige Konto Ihres Begleiters gehen. Oder gaben Sie ihm den Auftrag dazu?"

Small blinzelte. „Ich habe zwar keine Ahnung, wo der Haken liegt bei Ihrem Angebot. Aber recht haben Sie. Ich habe überhaupt nicht damit gerechnet, daß Sholto in seinem Zimmer hockt, als ich Tonga einsteigen ließ. Weil der Kerl sonst um diese Zeit immer einen letzten Bummel durch seinen Park machte. Litt nämlich an Schlaflosigkeit, müssen Sie wissen."

„Läßt sich leicht nachprüfen", stimmte Holmes zu. „Wohin wollten Sie eigentlich flüchten?"

„Brasilien ist ein schönes Fleckchen Erde", grinste Small breit. „Ein Segler wartete bereits auf Tonga und mich, weiter draußen. Ist wohl jetzt ohne uns los. Smith und sein Junior sollten uns übrigens gegen gute Bezahlung nur dorthin bringen, von der ganzen anderen Geschichte hatten die beiden nicht die geringste Ahnung."

Holmes zündete sich eine Pfeife an und sagte durch die Rauchkringel hindurch: „In dem Fall wird den beiden auch nichts passieren. Erzählen Sie mir nun, wie Sie damals zu dem Schatz gekommen sind. Wir haben Zeit, und ich bringe meine Geschichten gerne richtig zu Ende."

„Ganz meine Einstellung", meinte Small dazu. „Sie sind ein Mann nach meinem Herzen, ich trage Ihnen nichts nach. In diesem Fall waren Sie eben der

Bessere. Es ist nur traurig für mich, die erste Hälfte meines Lebens in dieser Hölle der Andamanen geschuftet zu haben und jetzt die zweite Hälfte im Zuchthaus von Dartmoor zu verbringen. Aber ich schätze, Sie und Ihre Freunde werden am Ende auch nicht ganz glücklich sein."

Holmes ging auf diese Andeutung nicht ein, und ich rätselte, was dieser rauhe Kerl damit wohl wieder meinen könnte.

Dann erzählte Jonathan Small die Geschichte des Schatzes von Agra. In England aufgewachsen, doch schon von frühester Kindheit an wildes Blut in den Adern, brachte er schon mit achtzehn ein Mädchen in Schwierigkeiten. Um den Folgen zu entgehen, meldete er sich zur Armee nach Indien. Dort wurde er bereits zwei Jahre später zum Krüppel, was er einem Krokodil zu verdanken hatte. Für die Armee Ihrer Majestät der Königin war er damit nicht mehr zu gebrauchen.

Er landete schließlich als Aufseher bei einem weißen Pflanzer, als plötzlich ein blutiger Aufstand das ganze Land aufwühlte. Das kleine Häuflein Europäer stand auf verlorenem Posten. Der Pflanzer und dessen Frau wurden umgebracht, nur Jonathan Small konnte noch rechtzeitig flüchten und sich in die Stadt Agra und dort in die alte Festung retten.

Das alles ereignete sich vor dreißig Jahren. Den alten Teil der Festung beschrieb uns Small in den düstersten Farben als einen unheimlichen, von Skorpionen bevölkerten Ort, während die Flüchtlinge in einem später gebauten Trakt des Forts untergebracht waren. Trotzdem mußten die Tore des alten Teils bewacht werden, so gut es eben mit so einer dezimierten, bunt zusammengewürfelten Mannschaft möglich war. Draußen lauerte der Feind mit einer erdrückenden Übermacht, wobei es jedem klar sein mußte, daß auch die Festung dem Ansturm auf Dauer nicht standhalten können würde. Von der Stadt herüber sahen die Flüchtlinge jede Nacht die Flammen brennender Häuser als Fanale des Schreckens in den Himmel steigen.

Während einer dieser Nächte hielt Jonathan Small mit zwei Sikhs Wache an einem kleinen Tor an der Südwestseite des alten Gemäuers. Von der Stadt herüber klangen unablässig dumpfe Trommelschläge, und ein starker Wind trug das fanatische Geschrei betrunkener und mit Drogen aufgeputschter Rebellen zu ihnen, so daß ihnen die Gänsehaut über den Rücken lief und sie keine Sekunde wagten, auch nur ein Auge zuzutun.

So ging es noch zwei weitere Nächte lang. Die beiden Sikhs konnten zwar Englisch, redeten aber die ganze Zeit nur in ihrer Sprache miteinander. Und in der dritten Nacht passierte es.

Nur einen Augenblick legte Jonathan Small seine Muskete aus der Hand, um sich eine Pfeife zu stopfen. In dem Augenblick stürzten sich die beiden anderen auf ihn. Jonathan Small spürte ein Messer an der Kehle und befolgte natürlich die Warnung, keinen Mucks zu tun. Für Small war klar, daß die beiden zu den Rebellen überlaufen wollten, und er begriff nicht, warum sie ihn nicht gleich niedergemacht hatten.

Aber da flüsterte der eine, er hieß Abdullah Khan, ihm zu: „Paß gut auf, Offizier. Leben oder Tod. Wähle gut, wir geben dir eine Minute Zeit."

Obwohl die ganze Zeit das Messer an seiner Kehle blieb, knurrte Small: „Ich lasse mich von euch eher umbringen, bevor ich zum Verräter werde und die Frauen und Kinder in diesem Fort den braunen Teufeln da draußen zum Abschlachten ausliefere. Das ist meine Wahl."

„Gut gesprochen, Offizier!" Khan lachte leise. „Wir hassen die Rebellen ebenso wie du. Noch sind sie nicht ganz berauscht und werden heute nacht nicht kommen. Du sollst uns helfen, einen Schatz zu bekommen. Du wirst reich sein – oder tot, wenn du nicht willst."

Nun hatte Jonathan Small nichts dagegen, reich zu überleben, was jedem an seiner Stelle auch lieber gewesen wäre, als arm zu sterben. Also nickte er Zustimmung und erfuhr nun von den beiden die Einzelheiten einer abenteuerlichen Geschichte von einem ebenso reichen wie charakterlosen Radscha, der es bisher immer geschafft hatte, sich mit allen Seiten gutzustellen. Da die Rebellen aber kurz davor gewesen waren, seinen Palast zu erobern, hatte er sich zunächst schnell auf ihre Seite geschlagen.

Bald machte er sich aber, schlau, wie er war, Gedanken darüber, wie er sich aus der Schlinge ziehen konnte, sollten die Engländer letztendlich doch die Oberhand behalten. Der gute Radscha hatte deshalb seine Reichtümer in zwei Hälften geteilt. Die eine ließ er im Palast, die andere aber, Juwelen von unschätzbarem Wert, schickte er in einer Truhe mit einem treuen Diener auf den Weg. Sollten die Engländer gewinnen und seinen Palast beschlagnahmen, würden sie nur die Hälfte seines Vermögens in die Hand bekommen. Der Radscha aber gedachte, sich dann mit dem anderen Teil aus dem Staub zu machen. Im umgekehrten Fall wollte er die Truhe wieder aus ihrem Versteck holen und zurück nach Hause bringen.

In Begleitung des Dieners, der sich als Kaufmann verkleidet hatte, befand sich aber ein gewisser Dost

Akbar. Und der erwies sich als kleiner Fehler in der Rechnung des Radschas, war er doch der Stiefbruder von Abdullah Khan. Und Blut ist bekanntlich dicker als Wasser, besonders wenn es um einen unermeßlichen Schatz geht. So hatten die beiden Verwandten sich schnell zusammengetan und beschlossen, den Schatz in der Festung an sich zu reißen. Dazu brauchten die Sikhs die Hilfe von Jonathan Small, der mit ihnen das bewußte Tor bewachte. Sein Tod und sein Verschwinden hätten zuviel Wirbel verursacht, diesem Umstand verdankte Small nun sein Leben, wofür ihm auch noch ein Viertel des Schatzes in die Hände fallen sollte. Das Schicksal des Dieners war ihm egal. In diesen Zeiten zählte ein Menschenleben nichts, wenn es nicht gerade das eigene war.

Diese Nacht war stockdunkel, und so sahen sie deutlich das Lichtzeichen draußen aufblitzen. Abdullah Khan beantwortete es mit seiner Lampe.

Kurz darauf schlüpften zwei Gestalten durch das Tor. Ein riesiger Sikh und ein kleiner Dicker mit einem Turban auf dem Kopf. Er zitterte am ganzen Körper wie Espenlaub und umklammerte verängstigt eine Eisenkiste. Als er Jonathan Small als weißen Soldaten erkannte, warf er sich vor ihm auf die Knie und wimmerte:

„O Sahib, du mußt retten mein Leben. Viele Rebellen hinter mir her, um mich zu töten. Ich brauchen Schutz von weißen Soldaten."

Die Angst des Dicken war echt, was auch nicht verwunderlich war. Er konnte nicht im entferntesten ahnen, daß ihm der Tod ausgerechnet jetzt schon so nahe war. Jonathan Small mußte den Gedanken daran gewaltsam verdrängen, daß dieses hilflose Bündel Elend umgebracht werden mußte. Doch es gab keine andere Lösung, wollte man den Schatz in die

65

Hände bekommen. Wenn der Bursche am Leben bleibt, überlegte Small, wird er alles verraten, und ich werde sofort erschossen. Selbst wenn wir ihm den Schatz lassen würden, und der Kommandant erfährt davon, reißt er ihn sich selbst unter den Nagel, oder die schönen Juwelen landen in den Händen unserer Königin.

Small fand, daß Ihre Majestät reich genug war, während er für sie hier seinen Kopf riskierte, und fragte den immer noch vor ihm Knienden: „Was hast du da in der Kiste?"

„Weniges von meinen Habseligkeiten konnte ich retten, Sahib", winselte er. „Rebellen ließen mir nur nacktes Leben, dafür ich mußte laufen wie große Katze. Du retten mich, ja?"

„Lügenbold, brauner", dachte Small und gab den Sikhs den Befehl, den Kerl zur Kommandantur zu bringen, wie es zwischen ihnen abgesprochen war.

Die drei verschwanden mit ihm in der Dunkelheit hinter einem Erdhaufen, während Small versuchte, nicht daran zu denken, was jetzt mit dem Dicken passierte. Aber da kam der schreiend angelaufen, hatte sich offensichtlich losreißen können und wollte sich in seiner Todesangst wieder bei Small an den Hals werfen.

Small handelte wie ein Automat. Bevor die Schreie von dem Kerl die ganze Belegschaft des Forts anlokken konnten, stieß er ihm blitzschnell sein Bajonett in den Leib.

Sie verscharrten den Toten in einem halbverfallenen Gang. Dann öffneten sie die Truhe. Gleißendes Licht stach ihnen in die Augen, und angesichts dieser funkelnden Anhäufung von Hunderten Diamanten, Rubinen, Smaragden, Saphiren und Perlen von unglaublicher Schönheit verschlug es ihnen den Atem.

Jonathan Small sah sich am Ziel aller Kindheits-
träume.

In dieser Nacht schworen sie sich feierlich, diesen
Schatz gerecht durch vier zu teilen. Vorher aber mußten sie ihn erst einmal vergraben, bis der Aufruhr im
Land sich gelegt hatte. Jonathan Small fertigte danach für jeden einen Lageplan an, und sie setzten
ihre Namen darunter.

Bald konnten die Engländer den Aufstand nieder-
schlagen. Aber wie aus heiterem Himmel wurden
Small und die anderen drei verhaftet, bevor sie ihren
Schatz überhaupt heben konnten. Erst beim Prozeß
begriffen sie, daß die Leiche des Ermordeten gefunden worden war und sie deshalb zu lebenslänglicher
Zwangsarbeit verurteilt wurden. Dabei entging Small
nur deshalb der Hinrichtung, weil seine Verdienste
um die Festung gewürdigt wurden und seine Treue als
Engländer anerkannt wurde.

Ihr Schicksal hatten sie dem mittlerweile geflohe-
nen Radscha zu verdanken, der doch mißtrauischer
gewesen war, als sie alle angenommen hatten. Denn
seinem Diener mit dem Schatz hatte er noch einen
weiteren hinterhergeschickt, um den ersten im Auge
zu behalten. Dieser zweite Diener beobachtete dann,
wie der erste in die Festung schlüpfte, und schloß
daraus, daß alles in Ordnung sei. Doch als der Aufstand niedergeschlagen worden war, fand sich von
dem ersten Diener keine Spur, und der heimliche
Beobachter meldete das dem Kommandanten. Der
Schatz wurde dabei nicht erwähnt, denn darüber
hatte ihn der Radscha ja nicht informiert. So wurde
der Mord entdeckt.

Nach ihrer Verurteilung fanden sich die vier Ver-
schwörer in Fußketten im Gefängnis wieder, ohne
Aussicht, ihren Reichtum je genießen zu können.

Ihre Haftbedingungen erleichterten sich erst Jahre später, als die vier auf eine der Andamanen-Inseln verbannt wurden. Jonathan Small mußte bei Bauarbeiten der Engländer helfen, bekam aber immerhin eine eigene, ärmliche Hütte zugewiesen. Es war natürlich trotz allem eine unmenschliche Schufterei. Aber viel schlimmer traf Small die Erkenntnis, daß er hier mehr als hundert Meilen um sich herum nur den Ozean hatte. Trotzdem ließ ihn der Gedanke an Flucht nie los.

Schließlich wurde er einem jungen Arzt zugeteilt, durfte Medikamente verteilen und diese nach und nach in einem behelfsmäßigen Labor nach Anleitung des Doktors selbst herstellen, was er meist am späten Abend für den nächsten Tag machte.

Die Arzneiküche lag nur durch eine dünne Bastwand getrennt vom Wohnraum des Arztes. Oft juckte es Small in den Fingern, wenn dort Karten gespielt wurde, während er seine Pillen drehen mußte. Zu gerne hätte er auch ab und zu ein Spielchen gewagt. Es wäre eine willkommene Abwechslung in dieser abgeschiedenen Hölle gewesen, wo zudem noch kleinwüchsige, bösartige Eingeborene lebten, vor denen man sich tagsüber im Freien ständig in acht nehmen mußte, wollte man nicht plötzlich einen winzigen, aber tödlichen Giftpfeil im Nacken haben. Oft wurden Expeditionen zusammengestellt, um diese Wilden einzufangen, mit dem Erfolg, daß jedesmal etliche der Verfolger starben, ohne auch nur einen Feind zu Gesicht bekommen zu haben.

Was das Kartenspiel anging, bekam Small schnell mit, daß ein Hauptmann Morstan und ein Major Sholto ebenso regelmäßig dabei verloren, wie sie teilnahmen. Von da an konzentrierte er seine Aufmerksamkeit auf die beiden Männer. Als vor allem

Sholto immer öfter Schuldscheine ausstellen mußte, reifte in Smalls Gehirn ein Plan heran. Der erforderte nur Geduld, wie Small dachte, und Zeit war etwas, das er hier im Überfluß hatte.

Eines Tages kam es dann so, wie er es vorausgesehen hatte. Er belauschte ein Gespräch zwischen Morstan und Sholto. Der Major haderte mit seinem Schicksal und sprach davon, daß ihn die Spielerei vollends ruiniert habe und er nur noch die Möglichkeit sehe, sich mit einer Kugel das Leben zu nehmen. Tatsächlich klang der Major furchtbar deprimiert, wie Small zufrieden feststellte.

Am nächsten Morgen brachte er es geschickt fertig, mit Major Sholto alleine reden zu können, als der abseits von den Sträflingsarbeitern stand und offenbar düsteren Gedanken nachhing.

Der Einbeinige sprach ihn an: „Wenn ich nicht störe, Sir, hätte ich Sie gerne um Rat gebeten."

Sholto sah ihn geistesabwesend an. „Wenn es sich nicht vermeiden läßt. Aber mach es kurz, Small. Ich habe meine eigenen Probleme."

„Gewiß, gewiß", versicherte Small eifrig. „Ich werde Sie nicht lange belästigen. Will nur mein Gewissen erleichtern, nachdem ich hier wohl bis ans Ende meiner Tage mein Leben verbringen muß. Was nützt mir da eine halbe Million Pfund, frage ich mich schon seit Jahren. Jetzt hoffe ich, daß mir Ihre Majestät vielleicht eine Begnadigung in Aussicht stellt, wenn ich der Krone dieses Vermögen in die Hände spiele. Was meinen Sie dazu?"

Der Major starrte ihn schon bei der Nennung der halben Million mit offenem Mund an. Jetzt tippte er sich an die Stirn und meinte: „Die Hitze hier hat dir anscheinend das Gehirn verbrannt, Small. Was ist das für ein Gefasel?"

„Nein, nein, Sir, mein Gehirn ist ganz in Ordnung", sagte Small. „Tatsache ist, daß ich das Versteck von Juwelen kenne, die nutzlos herumliegen und eigentlich niemandem gehören. Der Vorbesitzer, ein Radscha, der mit den Rebellen sympathisiert hat, mußte bei Nacht und Nebel fliehen. Sein ganzer Besitz ist beschlagnahmt, bis eben auf eine Truhe, die er vorher noch in Sicherheit gebracht hat. Aber nicht einmal er kann wissen, wo sie sich befindet. Was denken Sie nun, könnte ich mit einigen Jahren Straferlaß rechnen, wenn ich der Regierung gegenüber auspacke?"

Small merkte genau, wie die Erregung den Major packte. Dieser erwiderte jedoch betont gleichgültig: „Langsam, Small. Falls deine Geschichte überhaupt stimmen sollte, was ich dir so ohne weiteres nicht abnehme, müßte man genau überlegen, was zu tun ist. Warte heute nacht auf mich in deiner Hütte. Bis dahin kann ich dir Bescheid geben."

Small wußte, er hatte den Fisch an der Angel. Bei Dunkelheit erschien Sholto in Morstans Begleitung bei ihm, und Small erzählte ihnen nun die Einzelheiten, ohne allerdings einen Hinweis zu geben, wo der Schatz versteckt war.

Die beiden taten so, als würden sie über das Problem ernsthaft nachdenken, wobei Small ein Grinsen unterdrücken mußte. Ihm war klar, wie der Hase laufen sollte.

So meinte dann auch Sholto schließlich: „Wenn Hauptmann Morstan mit mir übereinstimmt, bin ich der Meinung, daß der Schatz herrenlos ist, also auch die Krone keinen Anspruch darauf hat. Trotzdem sollten wir die Angelegenheit irgendwie in die Hand nehmen. Da, wo die Juwelen jetzt liegen, nützen sie keinem."

„Ich bin zu demselben Ergebnis gekommen." Morstan nickte. „Am besten, wir bergen den Schatz, was nach den momentanen Umständen Sholto und ich besorgen können. Was wären denn in diesem Fall Ihre Vorstellungen, Small? Mit einer offiziellen Begnadigung können Sie auf keinen Fall rechnen, nachdem Ihnen ja die Todesstrafe schon erlassen worden ist."

„Dieser Morstan ist nicht nur höflicher mir gegenüber, sondern auch vertrauenswürdiger", dachte Small im stillen und sagte dann laut: „Mein Preis ist meine Freiheit und ein Fünftel des Schatzes. Ein Fünftel für Sie beide, und drei Fünftel für meine drei Sikhs, die natürlich mitmüssen."

„Unmöglich", zischte Sholto. Es entbrannte eine heftige Diskussion. Doch Small beharrte auf seinen Bedingungen.

Der Plan, den er den beiden vorschlug, sah so aus: Sholto sollte nach Agra gehen und sich vom Vorhandensein des Schatzes überzeugen, ihn aber nicht anrühren. Als Major konnte er leichter einen Vorwand finden, um von hier wegzukommen, als Hauptmann Morstan. Dann sollte er vom Festland aus ein Boot mit Proviant ausrüsten, es zu einer versteckten Bucht lotsen und selbst wieder zum Dienst erscheinen.

Small und die Sikhs würden mit dem Boot fliehen und mit dem Schatz in Agra auf Morstan warten, der bis dahin einen kurzen Urlaub einreichen sollte. Er bekäme dann zwei Fünftel, und jeder konnte dann tun und lassen, was er wollte.

Schließlich willigten die beiden Offiziere ein – was blieb ihnen sonst auch übrig –, und sie besiegelten die Abmachung mit einem Schwur, daß keiner den anderen betrügen sollte. Small zeichnete den beiden bis zum kommenden Morgen je eine Skizze vom

Versteck des Schatzes. Kurze Zeit später reiste Sholto nach Indien ab.

Sie sahen ihn nicht mehr wieder, Hauptmann Morstan, der darüber ebenso wütend war wie Small, fand schließlich auf einer Passagierliste den Beweis, daß Sholto sich nach England abgesetzt hatte. Bei der Armee hatte er außerdem offiziell von Indien aus seinen Abschied eingereicht, mit dem Märchen, daß ihm ein Onkel ein Vermögen vererbt hatte.

Unverzüglich reiste Morstan nach England hinterher, während Small mit heißen Rachegedanken auf der Insel bleiben mußte. Er lebte nur noch für den Gedanken, Sholto umzubringen, sogar der Schatz war für ihn zweitrangig geworden. Jahrelang brütete sein Gehirn über Fluchtgedanken.

Dann wurde dem Arzt eines Tages einer der merkwürdigen Eingeborenen schwerverwundet übergeben. Die Soldaten hatten auf der Jagd endlich einen von ihnen erwischt, worauf er jetzt dem Tode näher war als dem Leben. Sie sagten dem Arzt, daß er ihn gesund pflegen oder auch sterben lassen könne. Wenn er überlebte, würde er sowieso danach aufgeknüpft werden.

Small, dem der Arzt die Behandlung des Kannibalen überließ, setzte seinen ganzen Ehrgeiz darein, ihn wieder auf die Beine zu bringen. Und es gelang ihm tatsächlich nach etlichen Wochen, worauf Tonga, wie er hieß, über Nacht verschwand.

Doch die Nächte danach sah ihn Small ständig um seine Hütte schleichen, ganz offensichtlich jedoch nicht in feindlicher Absicht. Langsam begriff Small, daß er da einen Menschen gesund gepflegt hatte, der ihm dafür dankbar war. Nach und nach freundeten sie sich an, wobei Small dem Insulaner so viel englische Brocken beibrachte, daß sie sich schließlich verständigen konnten. Natürlich war Tonga ein ausgezeichneter Kenner des Ozeans, und als er Small erzählte, daß er auch ein Boot besaß, nahm der die Gelegenheit beim Schopf.

Er setzte Tonga seinen Fluchtplan auseinander, und in der Nacht darauf wartete der mit einem großen Kanu, bepackt mit Vorräten und Tongas Habseligkeiten, einer vorsintflutlichen Streitaxt und dem Blasrohr mit der furchtbaren Munition, an der besprochenen Stelle. Jonathan Small schwor sich noch einmal, Major Sholto umzubringen und, wenn möglich, den Schatz für die vier wiederzubeschaffen.

Zwei Wochen lang trieben sie auf dem Meer, bis sie von einem Segler geborgen wurden. Das Schiff brachte Handelsware und Pilger nach Indien, wo auch Small und Tonga an Land gingen. Lange Zeit irrten sie von Land zu Land, verdienten ihren Lebensunterhalt auf Jahrmärkten. Aber nie verlor Small seine Rache aus den Augen.

Vor vier Jahren gelangte das seltsame Paar dann nach England. Als Small herausfand, wo der verhaßte Major lebte, nahm er Kontakt zu einem von dessen Dienern auf und bestach ihn.

Als der ihn dann vom schlechten Zustand Sholtos benachrichtigte, handelte Small unverzüglich und kam trotzdem zu spät. Sholto hatte sich Smalls Rache entzogen, der Schatz war nicht auffindbar. Da hinterließ Small auf der Brust des Toten „Das Zeichen der Vier", nur eine geringe Genugtuung dafür, daß Sholto der Tod ereilt hatte. Aber er sollte wenigstens auf seinem Sterbebett mit den Namen der Männer konfrontiert werden, die er so schändlich betrogen hatte.

Und wieder begann eine Odyssee mit Tonga durch aller Herren Länder. Doch mit dem bestochenen Diener hielt Small durch Briefboten Kontakt. So erfuhr er auch, daß Bartholomew verbissen nach dem Schatz suchte. Als Bartholomew endlich erfolgreich war, befand sich Small mit Tonga bereits in London in einem sicheren Versteck. Sein Informant hatte ihn davon in Kenntnis gesetzt, daß Bartholomew nach seiner Meinung den Schatz gefunden hatte, was sich dann ja auch als richtig herausstellte.

Das also war Smalls Geschichte. Den Rest kannten wir. Was seinen Spion bei Sholto anging, nannte er keinen Namen. Aber nachdem nur noch dieser Lal Rao aus der Dienerschaft übrig war, hatte Athelney Jones bei der ganzen Sache wohl immerhin einen der am Rande Beteiligten verhaftet.

Was mich trotz allem beinahe das Leben gekostet hätte, war die Tatsache, daß dieses Ungeheuer Tonga zwar auf der Flucht seine Giftdornen verloren hatte, aber noch ein Pfeil in seinem Blasrohr steckte. Gott sei Dank waren unsere Revolverkugeln noch einen Deut schneller gewesen.

Ich beschloß, mich Mary gegenüber, die nun doch zu einer reichen Frau wurde, wie ein Gentleman zu benehmen. Ich bat Holmes darum, ihr als erste den Schatz zeigen zu dürfen, bevor Jones ihn beschlagnahmte.

Der Inspektor, der dabeistand, brummte seine Zustimmung, unter der Bedingung, daß mich einer seiner Polizisten begleitete und mich danach sicher ins Präsidium geleitete.

„Überrede deinen Wachmann, anschließend mit dir erst in die Baker Street zu fahren", raunte Holmes mir ins Ohr, bevor ich mich auf den Weg machte. „Sag ihm, daß Jones sich auch so entschlossen hatte, bevor du losfuhrst. Verlaß dich ganz auf mich."

Als ich in die Polizeikutsche stieg, sah ich ein rätselhaftes Lächeln auf Holmes' Lippen. Zwischen ihm und Jones am Landungssteg stand Small und grinste ganz unverschämt. Oder mehr hämisch? Aber warum?

Als ich bei Forresters in Marys Zimmer geführt wurde, saß sie neben dem gedämpften Licht einer Tischlampe, schöner denn je. Mein Herz machte einen Sprung, und mir saß ein Kloß im Hals.

„Hallo, Miß Morstan", brachte ich nur hervor. „Ich hoffe, ich störe Sie nicht, zu so später Stunde."

Aber ihre Begrüßung war von überschwenglicher Freude. Sie erklärte mir, daß ich mir gar nicht vorstellen könne, wie sehr sie meinen Besuch herbeigesehnt habe. Mrs. Forrester sei ausgegangen, und sie selbst sei doch in recht trauriger Stimmung nach den Ereignissen der letzten Tage. Dann fragte sie, wo ich denn gewesen sei und was ich da bei mir trüge.

Mit einer übertriebenen Geste stellte ich die Truhe auf den Tisch und rief heiter: „Hiermit werden Sie nun zu einer reichen Frau, Miß Mary Morstan. Der Schatz ist geborgen." Dabei verwünschte ich diese verdammte Kiste insgeheim ans andere Ende der Welt. Aber das wollte ich mir um keinen Preis anmerken lassen.

Marys Reaktion überraschte mich: „Ach ja, der Schatz", sagte sie nur. „An den hatte ich gar nicht mehr gedacht. Aber bitte, setzen Sie sich nur. Sie müssen mir erzählen, was Sie erlebt haben."

Während ich das tat, unterbrach sie mich nur manchmal mit kleinen Ausrufen des Erstaunens oder auch Entsetzens, während ihre wunderschönen Augen an meinen Lippen hingen. Ich mußte mich schwer konzentrieren, um den Faden nicht zu verlieren, und als ich zu der Episode kam, wie mich Tongas Pfeil beinahe getroffen hätte, wurde sie mit einemmal so bleich, daß ich aufsprang und ihr ein Glas Wasser brachte.

Sie trank in kleinen Schlucken, wobei sie fest meine Hand umklammerte. Ich haßte diesen Schatz, der zwischen uns stehen würde, solange wir lebten. Als es ihr wieder besserging, brachte ich meinen Bericht schnell zu Ende, weil es fast über meine Kräfte ging, sie mir so nah und doch so unerreichbar gegenübersitzen zu sehen. Ich wollte meine traurige Mission – traurig natürlich nur aus meiner Sicht – hinter mich bringen. Ich griff nach einem Schürhaken über dem Kamin.

„Dann wollen wir mal", kam es aus meiner wie zugeschnürten Kehle. Ich setzte den Haken an und hatte kurz darauf das Schloß aufgestemmt. Schulter an Schulter standen wir, als ich den Deckel hob ... Dann schwiegen wir eine Weile betroffen. „Leer", fand ich total verblüfft meine Sprache wieder, und mein Herz machte diesmal einen Freudensprung.

„Jawohl, leer, dem Himmel sei Dank", jauchzte Mary neben mir. Keiner konnte später sagen, wie es genau geschah, jedenfalls lagen wir uns in der nächsten Sekunde in den Armen und küßten uns.

„Weißt du", sagte Mary dann nach einer ganzen Zeit, „dieser Schatz lag mir wie ein Stein auf der Seele, hatte ich doch gemerkt, daß er dich daran hindern würde, mir deine Gefühle zu erklären. Ich wußte längst, wie du zu mir stehst. Und ich hätte es dieser Kiste nie verziehen, wenn ihr Inhalt uns auseinandergebracht hätte."

„Hat er aber nicht, hat er nicht", jubelte ich und benahm mich wohl in diesen Minuten recht kindisch. Was mich wunderte, war nur, daß ich nicht schon am Gewicht der Truhe gemerkt hatte, daß da etwas nicht stimmte. Eine nähere Betrachtung löste dieses Rätsel. Die Kistenwände waren, was von außen natürlich nicht zu sehen war, aus mehreren Zoll dickem massivem Eisen. Und jetzt konnte ich mir auch Smalls merkwürdige Andeutungen und sein aufreizendes Grinsen erklären. Oh, dieser Dummkopf, wenn er ahnen würde, welche Freude er mir gemacht hatte. Erst jetzt kam es mir wieder in den Sinn, daß ich ja in die Baker Street zurück sollte, wo Holmes mit Jones auf mich warten wollte.

Die Trennung von Mary fiel mir zwar schwer, doch ging ich mit fröhlicherem Herzen, als ich gekommen war. Was scherten mich die verlorenen Juwelen, wenn ich dafür einen viel größeren Schatz erhalten hatte, der mit keinen Reichtümern der Welt aufzuwiegen war! In dieser Stimmung dirigierte ich den Polizisten zur Baker Street.

Zu meiner Überraschung saß in Holmes' Wohnung neben Inspektor Jones auch unser Freund Small. Jones machte ein mürrisches Gesicht und knurrte mich an:

„Wird Zeit, daß Sie kommen, Mr. Watson. Mr. Holmes bestand aus mir unerfindlichen Gründen darauf, daß ich mit Small hier in der Baker Street auf Ihre Rückkehr warten solle, da der Fall noch einige Überraschungen berge. Was er damit meint, ist mir völlig schleierhaft."

„Nun, was ist mit dem prächtigen Schatz, Watson?" wandte Holmes sich an mich. Dabei zwinkerte er mir unauffällig zu. Jetzt wurde mir klar, daß er vorausgesehen hatte, wie meine Antwort ausfallen würde. Auch dieses rätselhafte Lächeln bei meiner Abfahrt am Bootssteg ... Ich stellte die Kiste auf den Tisch, öffnete den Deckel und verkündete laut:

„Es gibt keinen Schatz, jedenfalls nicht in dieser Kiste. Sie ist leer."

Die Reaktionen der drei anderen waren grundverschieden. Jones schimpfte und fluchte. Holmes saß ganz gelassen da. Small brach in lautes Gelächter aus und klopfte sich mit seinen gefesselten Händen vor Vergnügen auf die Schenkel. Dazwischen kreischte er: „Ha, ha. Schönen Gruß von Jonathan Small. Oder habt ihr wirklich geglaubt, ich überlasse anderen diesen Schatz der Vier, während ich in Dartmoor verdorre? Nein, nein! Die Juwelen liegen auf dem Grund der Themse, schön weit verstreut. Niemand wird je ein Stück davon wiederfinden!"

„Wann, zum Teufel, haben Sie sich dieses letzte Gaunerstück geleistet, Small?" schrie Jones außer sich. „Und wieso haben Sie nicht einfach die Kiste über Bord geworfen?"

Smalls Heiterkeitsausbruch nahm noch kein Ende. „Ha, weil ich nicht blöd bin! Eine Kiste ließe sich eventuell noch bergen, aber Einzelstücke niemals. Über Meilen hinweg werden sie den Flußgrund bereichern. Ha, ha, guter Vergleich, nicht? Aber kein Nachkomme der Sholtos oder Morstans wird sich daran gütlich tun."

Athelney Jones hieb sich mit der flachen Hand vor die Stirn. „Fünfhunderttausend Pfund ins Wasser gefallen", stöhnte er entnervt. „Was sind Sie nur für ein abgebrühter Bursche, Small!"

„Noch abgebrühter, als Sie denken", mischte sich plötzlich Holmes ein. Er lächelte Small ins Gesicht und forderte ihn höflich auf: „Dürfte ich mal Ihr Holzbein untersuchen, Mr. Small?"

Dem verging urplötzlich das Lachen. Seine Augen wurden zu Schlitzen. „Was soll das, zum Teufel? Was interessiert Sie an meinem Holzbein?" Aber seine Stimme schwankte unsicher.

„Nehmen Sie es schon ab, Mann", herrschte ihn

nun Jones an, der zwar nicht wußte, worum es jetzt wieder ging, aber seine Wut auf Small brauchte einfach ein Ventil. „Oder soll ich ein paar kräftige Polizisten hereinpfeifen, die Ihnen dabei behilflich sind?"

„Mistbande, verdammte", schimpfte Small. Aber er schob das Hosenbein hoch und nestelte das Holzbein herunter. Ich bekam fast Mitleid mit ihm, wie er nun hilflos mit seinem Stumpf dasaß und verkniffen beobachtete, wie Holmes sein Holzbein einer genauen Prüfung unterzog.

Sie dauerte nicht lange. Mit einem Ruck zog Holmes am oberen, schalenartigen Ende an einer dünnen Schnur und hatte einen Deckel daran baumeln. Er drehte das Holzbein nun um, und aus der Öffnung kullerten funkelnde Diamanten, es mochten an die fünfzig sein, darunter ein besonders großer von unglaublichem Feuer. Holmes hielt ihn dem bleich gewordenen Small vor das Gesicht und sagte freundlich:

„Der Großmogul, vermute ich, einer der größten Diamanten, die je gefunden wurden, seit dem Aufstand um Agra verschollen, vorher im Besitz des Radschas von Saipur."

„Gehen Sie zum Teufel!" wünschte ihm Small, während er sein Holzbein wieder anschnallen durfte. Als er damit fertig war, beruhigte er sich einigermaßen. Jedenfalls klang seine Frage an Holmes sehr beherrscht:

„Okay, ich habe das Spiel nun mal total verloren. Jetzt sagen Sie mir aber wenigstens, wie Sie darauf gekommen sind, daß ich einen kleinen Teil des Schatzes gerettet habe?"

Holmes nickte lächelnd. „Weil ein vorsichtiger Mann von Ihrem Kaliber sich nun mal auf alle nur möglichen Eventualitäten vorbereitet, Mr. Small.

Davon ging ich sowieso grundsätzlich aus. Sicher hatten Sie die Diamanten schon in diesem genialen Versteck, bevor Sie die ‚Aurora‘ betraten.

Und schließlich hatte der Radscha damals auch seinen Schatz geteilt, als die Lage brenzlig wurde. Das haben Sie von ihm gelernt.“

„Aber Holmes“, wandte ich ein. „Deshalb konntest du doch nicht wissen, daß die Truhe leer sein würde.“

„Wissen nicht“, konterte er, „aber vermuten. Erstens genügte mir da völlig eine Andeutung von Small, kaum daß wir ihn und die Truhe auf der ‚Aurora‘ hatten, wenn du dich erinnerst, Watson. Er sagte, daß wir am Ende auch nicht ganz glücklich sein würden. Und dabei huschte sein Blick automatisch zur Schatzkiste. Außerdem, was sollte er sonst damit meinen, ihn selbst hatten wir ja.“

„Mhm, na ja“, meinte ich, nicht ganz befriedigt.

„Ich bin noch nicht fertig, Watson. Als die Truhe auf die ‚Aurora‘ gehievt wurde, fiel sie dort einmal auf die Planken. Du und Jones, ihr standet doch auch daneben. Nun klingt eine volle Kiste, wenn sie aufschlägt, doch etwas anders als eine leere, mein Lieber. Aber euch ist nichts aufgefallen, weil für euch die Kiste einfach voll war, verstehst du. Daß es anders sein könnte, daran habt ihr überhaupt keinen Gedanken verschwendet. Ich dagegen schon. Ich rechnete damit, daß Small uns auf keinen Fall die Juwelen gönnte. Er ist der Mann, der sogar eine halbe Million eher wegwirft, als sie in falschen Händen zu lassen. Ich hätte das übrigens auch getan an seiner Stelle. Aber da ich davon ausging, daß er für den Notfall einen Teil für sich reserviert hatte, zu welchem Schluß mußte ich dann kommen, Watson?“

„Ich habe keinen Schimmer“, gab ich zu. „Jedenfalls sehe ich da keinen Zusammenhang mit dem Holzbein."

„Falsch, Watson, ganz falsch. Small ist ein Kerl, der auch im Gefängnis noch seinen Triumph auskosten will. Also mußte er, wenn er mit dem Schlimmsten rechnete, den Schatz bei sich tragen. Was nützte er ihm sonst? Außerdem hatte er die Juwelen so lange entbehrt, daß er sich von dem, was er behalten konnte, bestimmt nicht mehr getrennt hätte. Nachdem ihm klar war, daß er ins Ausland fliehen würde, wäre es doch auch völlig unsinnig gewesen, einen Teil des Schatzes in London zu verstecken. Die Idee mit dem Holzbein lag nahe. Selbst im Falle einer Verhaftung war das das einzige Stück an seinem Körper, das nie durchsucht oder näher geprüft werden würde. So hätte er buchstäblich jeden Tag als reicher Mann an den Gefängniswärtern vorbeimarschieren können. Viel wahrscheinlicher aber ist, daß er einige der Diamanten bald zu Bestechungsaktionen benützt hätte, um seine neuerliche Flucht zu organisieren. Nicht wahr, Mr. Small?"

„Ich verneige mich vor Ihrem Genie", erwiderte Small in ehrlicher Bewunderung. Dann deutete er mit einem breiten Grinsen auf Jones: „Der da hätte mich nie gefangen. Dafür denkt der zu langsam."

Jones lief rot an und schnaubte: „Ihre Unverschämtheiten können Sie bald in Dartmoor unter die Leute bringen, Small, wenn Sie scharf darauf sind, anschließend ein paar auf die Nase zu bekommen. Dort wird man Ihnen die Frechheiten schon austreiben. Gehen wir."

Er packte die Diamanten zusammen, über deren Verwendung erst ein Richter entscheiden mußte.

„Reine Formsache", meinte Holmes, als wir endlich alleine waren und es uns gemütlich machten.

81

„Jeweils die Hälfte wird Sholto und Miß Morstan zugesprochen werden. Das dürften nach meiner Schätzung für jeden etwa dreißig- bis vierzigtausend Pfund bedeuten. Small hat nur die feinsten Stücke in sein Holzbein rieseln lassen."

Ich zog ein unglückliches Gesicht. „Es ist zwar keine Viertelmillion, die Mary jetzt normalerweise erhalten hätte, aber trotzdem. Du mußt nämlich wissen, wir wollen bald heiraten."

Mein Freund seufzte tief. „Ich war mir dieser furchtbaren Verstrickung schon bewußt, bevor du selbst sie richtig erkanntest, Watson. Du weißt, ich hasse Emotionen. Aber als ich sah, womit du dich dauernd herumquältest, habe ich dich gerne mit der leeren Schatzkiste zu deiner Liebsten fahren lassen. Ich vermutete, daß ihr euch dann in die Arme sinken würdet. Und nachdem ihr jetzt beide sicher wißt, daß ihr euch auch ohne Geld selbst genug seid, kann doch so eine kleine Finanzspritze im nachhinein keinen Schaden mehr anrichten, sondern nur noch von Nutzen sein, oder?" Er lächelte verschmitzt und prostete mir zu.

„Du hast wie immer recht!" Einsichtig und befreit lachte ich auf. „Es tut mir allerdings ein bißchen weh, daß ich dich jetzt zum letztenmal bei einem Fall begleitet habe. Wenn ich erst verheiratet bin . . ." Ich ließ den Satz unvollendet.

Holmes zog eine Augenbraue hoch und meinte nur: „Mein lieber Watson. Je länger du verheiratet sein wirst, desto häufiger wirst du dich danach sehnen, daß ich dich hie und da von zu Hause loseise. Sei dir da mal ganz sicher."

Darauf gab es nichts zu sagen. Holmes war und blieb eben ein typischer Junggeselle.

Der Fehler in der Rechnung

Seit meiner Heirat mit Mary Morstan, die alle schrecklichen Ereignisse von damals gut verkraftet hatte, war ich mit Sherlock Holmes nicht mehr zusammengetroffen. Dazu beanspruchte mich die Arztpraxis zu sehr, die ich inzwischen übernommen hatte. Mein Wartezimmer war ständig überfüllt, und oft wurde ich auch mitten in der Nacht zu einem Patienten gerufen.

Es war der regnerischste Juni, den ich seit langem erlebt hatte. Fast jeden Tag goß es wie aus Kübeln, so daß ich mir bei meinen Hausbesuchen regelmäßig nasse Füße und schließlich auch einen kräftigen Schnupfen holte. Ich fand es für einen Arzt recht peinlich, daß er andere heilen sollte und dabei selbst nicht in der Lage war, mit seiner ständig laufenden Nase fertig zu werden.

So saß ich eines Morgens ziemlich schlecht gelaunt beim Frühstück, als es draußen läutete. Es war Holmes.

Ich freute mich ehrlich, ihn wiederzusehen, ebenso auch Mary. Er hatte mir ja vor meiner Heirat prophezeit, daß ich bald große Sehnsucht danach bekommen würde, ihn wieder einmal bei einem Fall zu begleiten. Zwar hatte ich dies damals heftig abgestritten, aber jetzt spürte ich doch eine innere Erregung und Verlangen. Ich wußte, daß Holmes' Besuch nur einen Grund haben konnte. Holmes vertrödelte seine Zeit nicht mit Freundschaftsbesuchen. Im Gegenteil, es war ihm ein Greuel und für ihn völlig undenkbar, irgendwo etwa nur zum Guten-Tag-Sagen hineinzuschauen.

Ich hatte recht. Holmes verbeugte sich knapp vor

83

Mary und meinte: „Ich bitte um Entschuldigung für mein frühes Hereinplatzen, Mrs. Watson. Aber ich wäre Ihnen dankbar, wenn Sie mir Ihren Mann für einige Zeit sozusagen ‚ausleihen‘ könnten. Ich arbeite da an einem recht interessanten Fall, wenn ich auch nicht glaube, daß ich für seine Lösung mehr als zwei Tage benötigen werde. Deshalb dachte ich, mein guter alter Watson könnte vielleicht etwas Abwechslung gebrauchen.“

„Da lege ich ihm nichts in den Weg!“ Mary lachte. „Er redet in letzter Zeit verdächtig oft von den früheren gemeinsamen Unternehmungen mit Ihnen. Nehmen Sie ihn nur mit.“

„Ich muß ja wohl gar nicht mehr gefragt werden“, schniefte ich. „Denkt ihr beide vielleicht mal daran, daß ich auch noch eine Praxis führe?“

„Das habe ich bereits“, bemerkte Holmes trocken. „Ich weiß natürlich, daß Dr. Jackson und du euch gegenseitig vertretet, wenn Not am Mann ist, und habe das Ganze schon mit ihm geregelt. Also los, Watson. Der Zug nach Birmingham wartet nicht.“

„Widerstand ist wohl zwecklos“, sah ich ein und gab Mary einen Kuß. „Wenigstens begnügt sich der Himmel im Moment noch damit, nur häßlich grau zu sein. Ich habe den Regen gründlich satt.“

„Ah, daran liegt es also, daß die Farbe deiner Nase einer reifen Tomate ähnelt“, tat Holmes erleichtert. „Ich befürchtete schon, du sprichst in letzter Zeit zu oft dem Cognac zu!“

Mit diesem Scherz verließen wir das Haus, und in rasender Fahrt ging es mit einer Kutsche zum Bahnhof.

Dort stellte mir Holmes einen jungen Mann vor, der bereits ungeduldig auf uns wartete.

„Das ist Mr. Hall Pycroft, Watson, mein Klient. Er

wird dir während unserer kleinen Reise erzählen, was ihm passiert ist."

Pycroft war einer jener robusten, sympathischen Cockney-Burschen, deren Verstand nicht gerade schnell arbeitet, aber sehr zuverlässig und geradlinig. Er mochte etwa fünfundzwanzig sein und war sicher ein guter, ausdauernder Sportler, wie seine kräftige Figur verriet.

Während der Zug Richtung Birmingham ratterte, erzählte Pycroft mir, daß er fünf Jahre lang bei einer Maklerfirma angestellt gewesen war, die dann durch eine Fehlspekulation an der Börse pleite gegangen war. Alle Mitarbeiter wurden daraufhin entlassen. Seine Ersparnisse machten zu der Zeit gerade siebzig Pfund aus, und er bemühte sich, so schnell wie möglich einen neuen Arbeitsplatz zu finden.

Als er schon jede Hoffnung aufgegeben hatte, geschahen gleich zwei Wunder auf einmal, wie er sich ausdrückte. Erstens bewarb er sich schriftlich bei einem der größten und renommiertesten Maklerbüros in London und wurde sofort genommen, sogar für zwei Pfund mehr pro Woche, als er bei seiner letzten Stellung verdient hatte. Gleich am Montag darauf sollte Pycroft bereits anfangen.

Da passierte das zweite Wunder. Pycroft wurde zwei Tage vorher von einem Mr. Arthur Pinner aufgesucht, der sich als Finanzagent ausgab. Zu Pycrofts Überraschung wußte Mr. Pinner über seinen zukünftigen Arbeitsplatz genau Bescheid und kam jetzt mit einem unglaublichen Angebot auf ihn zu.

„Ich biete Ihnen für den Anfang fünfhundert Pfund pro Jahr", lockte Pinner. „Damit wären Sie ab sofort unser Mann für England. Die Midland Hardware Company braucht ehrgeizige junge Männer wie Sie. Ich nehme doch an, daß Sie ehrgeizig sind."

„Welch eine Frage!" rief Pycroft. „Aber wie kommen Sie gerade auf mich? Und von dieser Company habe ich noch nie etwas gehört."

Pinner, ein bärtiger, drahtiger Mann mittleren Alters, lächelte. „Das sind zwei Fragen auf einmal. Ich werde sie Ihnen gerne beantworten. Außerdem freut mich Ihr Mißtrauen. Sie sind kein Mann, der sich etwas vormachen läßt. Nun, ich habe mich in den einschlägigen Kreisen Londons erkundigt. Und ich weiß, daß Sie von Ihrem letzten Arbeitgeber ein ganz ausgezeichnetes Zeugnis erhalten haben. Was die Company angeht, so haben wir kräftige Finanziers im Hintergrund, die aber vorerst geheim bleiben wollen, bis wir in England Fuß gefaßt haben. Bisher besitzen wir immerhin schon über hundert Filialen in Europa, vor allem in Frankreich. Und ich denke, mit Ihnen können wir auch England im Sturm erobern."

„Meine Güte, mir brummt der Schädel", rief Pycroft wieder aus. „Erst laufe ich mir die Füße ab, um eine Anstellung zu finden, und jetzt kommt soviel Glück auf einmal hereingeschneit. Natürlich sage ich unter diesen Bedingungen bei der Maklerfirma ab."

„Soviel Aufwand haben die gar nicht verdient", erwiderte Pinner. „Ich habe mit dem dortigen Manager gestern über Sie verhandelt und ihm auf den Kopf zugesagt, daß er ein Ausbeuter ist, wenn er fähige Leute zu solch einem Hungerlohn einstellt. Er hat mich ausgelacht und gemeint, daß Hungerleider wie Sie auch über einen Hungerlohn froh sein müßten. Für diesen Kerl ist sogar eine Absage zuviel Höflichkeit, denke ich."

Pycroft war bei Pinners Worten die Zornesröte ins Gesicht geschossen. „Da haben Sie recht, wenn das so ist", ärgerte er sich lautstark. „So einem Kerl muß man die richtige Antwort geben, nämlich gar keine."

Pinner freute sich offensichtlich über diese Einstellung. Er zückte eine Hundertpfundnote und gab sie Pycroft als Vorschuß. „Dann seien Sie pünktlich morgen mittag in Birmingham, wo wir unser Büro aufschlagen", forderte er Pycroft auf. „Ich schreibe Ihnen hier die Adresse auf. Mein Bruder, der im Vorstand der Company sitzt, wird Sie erwarten und einweisen. Viel Glück, junger Mann."

Damit wandte er sich zur Tür, drehte sich aber noch einmal um. „Oh, jetzt hätte ich beinahe etwas vergessen. Eine reine Formalität." Er holte einen Bogen Papier aus seiner Jackentasche und bat Pycroft: „Wenn Sie hier nur eine Bestätigung schreiben, daß Sie sich ab jetzt für fünfhundert Pfund jährlich bei der Midland Hardware Company verpflichten. Das soll auch eine Absicherung für Sie sein, bevor wir einen richtigen Vertrag unterzeichnen."

Pycroft unterschrieb auf zwei Blättern, worauf Pinner ebenfalls seine Unterschrift unter die Schriftstücke setzte und dann einen Bogen einsteckte. Danach verabschiedete er sich und ließ einen jungen Mann zurück, der sein Glück kaum fassen konnte.

Am nächsten Tag traf Pycroft mit dem Mittagszug in Birmingham ein und war einige Minuten vor der Zeit bereits an der Adresse, die ihm Arthur Pinner angegeben hatte. Es war ein altes, ziemlich heruntergekommenes Haus. Und nirgends ein Firmenschild. In Pycroft stieg die böse Ahnung hoch, daß sich jemand mit ihm einen üblen Scherz erlaubt hatte. Aber im selben Augenblick sprach ihn ein Mann an.

„Ah, Mr. Pycroft, wie ich vermute. Der junge Mann, den mir mein Bruder so wärmstens empfohlen hat."

Im ersten Moment dachte Pycroft, Arthur Pinner stünde selbst vor ihm, so verblüffend war die Ähnlichkeit. Nur fehlte dem anderen der Bart, und seine Haare waren viel heller. Er stellte sich als Jack Pinner vor.

Pycroft fiel ein Stein vom Herzen, während der andere Mr. Pinner ihn in ein Büro im ersten Stock führte. Außer mit einem Schreibtisch war der Raum mit keinerlei Möbeln ausgestattet, was in Pycroft sofort neuerliche Zweifel an der Ernsthaftigkeit des tollen Angebots aufsteigen ließ.

Jack Pinner mußte das wohl bemerkt haben. Er klopfte seinem neuen Angestellten wohlwollend auf die Schulter und meinte lächelnd: „Sie wundern sich sicher über die kärgliche Einrichtung hier. Wir wollen unseren Einstieg in England nicht an die große Glocke hängen. Noch nicht. Die Konkurrenz schläft auch nicht. Deshalb haben wir uns absichtlich in diese düstere Gegend verzogen. Hier wird niemand den Sitz einer kapitalkräftigen Firma vermuten. Wenn wir erst einen Fuß im großen Geschäft hier haben, werden wir anders auftreten. Und das wird schneller der Fall sein, als irgend jemand ahnen könnte."

Pycroft leuchteten diese Argumente ein. Schließlich, dachte er, gibt auch niemand einfach so hundert Pfund für einen Schabernack aus.

Jack Pinner erklärte ihm nun seine Aufgaben und schilderte ihm seine weitere Karriere in den blühendsten Farben. Demnach könnte er bereits bald mit tausend Pfund im Jahr rechnen, meinte Pinner, wenn man die Provisionen einbeziehe, die Pycroft für jeden Abschluß ausgezahlt bekäme.

Dagegen erwies sich die erste Arbeit, die sein Chef ihm daraufhin gab, als recht enttäuschend, ja geradezu langweilig. Er drückte ihm ein Adreßbuch von London in die Hand, woraus Pycroft alle Haushaltswarengeschäfte suchen und auflisten sollte. Bis zum nächsten Tag, pünktlich um zwölf Uhr.

Eine Aufgabe, die, wie sich bald zeigte, in dieser Zeit unmöglich zu lösen war. Hall Pycroft quartierte sich in einem billigen Hotel in Birmingham ein und schuftete den ganzen Tag und die Nacht durch. Trotzdem schaffte er nicht einmal ein Drittel der Adressen.

Mit schlechtem Gewissen berichtete er dies seinem Chef am nächsten Mittag. Er ging davon aus, daß ihm die Company eine Prüfung auferlegt hatte, der er sich nun nicht gewachsen gezeigt hatte, und daß damit sein aussichtsreicher Posten bereits wieder verloren war.

Doch zu seiner freudigen Überraschung verzog Jack Pinner keine Miene und gab ihm noch einmal zwei Tage Zeit. Danach mußte Hall zum zweitenmal zugeben, daß er immer noch nicht fertig war. Und wieder blieb Pinner gelassen und räumte ihm eine weitere Frist ein.

Endlich konnte Pycroft dann seine Arbeit als erledigt abliefern. Jack Pinner lobte ihn über alles als tüchtig und zuverlässig, was dem jungen Hall fast peinlich war. Ein solches Gehalt einzustreichen und dabei noch einen derart verständnisvollen Brötchengeber zu haben, war mehr, als ein einfacher Mensch wie er verdient hatte. Pycroft sagte dies auch seinem Chef.

Pinner lachte laut. „Mein lieber Junge. Es war mir von Anfang an klar, daß ich Ihnen Unmögliches aufgebürdet hatte. Aber Sie haben die Aufgabe ohne zu murren und mit großer Bravour gemeistert. Es war übrigens keine vergebliche Mühe. Für mich ist diese Liste enorm wichtig. Darum sollen Sie in den nächsten Tagen noch eine Aufstellung der Hersteller und Zwischenlieferanten liefern. Das ist sicher noch schwieriger und zeitaufwendiger. Gehen Sie deshalb heute abend ruhig mal aus, und amüsieren Sie sich. Ansonsten erstatten Sie mir morgen abend um sieben ersten Bericht."

Damit durfte Pycroft wieder gehen. Unten auf der Straße rasten die Gedanken in seinem Kopf wirr durcheinander. Die letzten Sätze Pinners hatte er kaum noch bewußt wahrgenommen. Denn beim Lachen seines Chefs war ihm etwas aufgefallen, was ihn seitdem schwer beschäftigte. Ein goldverplombter Eckzahn. Und genau an derselben Stelle hatte er auch bei dem Bruder einen solchen Zahn gesehen. Pycroft mochte zwar langsam denken, aber er war nicht einfältig. Die Ähnlichkeit von Arthur und Jack, die sich mit Bart und gleicher Haarfarbe praktisch nicht voneinander unterschieden hätten, war schon seltsam. Die Sache mit dem Zahn aber ließ auch für

Pycroft nur einen Schluß zu: Arthur und Jack waren ein und dieselbe Person.

So lange Hall anschließend auch über den Sinn dieses Theaterspiels nachgrübelte, er kam nicht dahinter. Da erinnerte er sich daran, daß er in London viel über einen Meisterdetektiv gehört und gelesen hatte. Angeblich blieb für diesen Mr. Holmes kein Rätsel ungelöst.

„Wollen wir hoffen, daß ich diesem Ruf gerecht werden kann, Mr. Pycroft..." Holmes schmunzelte nun, nachdem sein Klient seinen Bericht beendet hatte.

„Also, ich kann mir auf das Ganze keinen Reim machen", gab ich zu. „Das alles ist zwar mehr als seltsam, aber ich kann hinter dem Gehabe dieses Pinner auch keinen Plan entdecken, der auf irgendein Verbrechen hinzielen könnte. Außer, Mr. Pycroft hat sich einen Feind gemacht."

Pycroft schüttelte den Kopf. „Darüber habe ich auch schon nachgedacht, Mr. Watson. Doch ich habe nie jemandem etwas angetan, weder privat noch beruflich. Einen Racheakt halte ich für ausgeschlossen."

„Ich übrigens auch", meldete sich Holmes zu Wort. „Überleg mal anders, Watson. Dieser Pinner, der sicher in Wahrheit ganz anders heißt, und Mr. Pycroft haben sich nie vorher gesehen. Trotzdem ist für mich ganz eindeutig, daß Pycroft aus London weggelockt werden sollte. Dafür sprechen die unsinnigen Arbeiten, mit denen man ihn an Birmingham bindet."

„Aber wieso", grübelte ich erfolglos. „Wen und warum kann dieser junge Mann in London schon stören?"

„Das kann ich nur vermuten", erwiderte Holmes nachdenklich. „Nur soviel gebe ich dir inzwischen an

Indizien an die Hand: Denk zum Beispiel mal an den zeitlichen Zusammenhang. Unser Mr. Pycroft wurde offensichtlich gerade noch rechtzeitig davon abgehalten, seine lukrative Stellung bei der Maklerfirma anzutreten. Fragt sich nur, warum?"

„Wenn das so ist, Mr. Holmes", fuhr Pycroft aufgeregt dazwischen, „warum haben wir dann nicht gleich bei dem Büro in London Fragen gestellt?"

„Dasselbe kam mir eben auch in den Sinn", unterstützte ich den jungen Mann. „Vielleicht hätten wir dort ja schon alles erfahren, und die ganze Sache hätte sich möglicherweise in Wohlgefallen aufgelöst oder zumindest eine undramatische Erklärung gefunden."

Aber Holmes war da ganz anderer Meinung. „Nein. Wer sagt uns denn, daß wir bei unseren Erkundigungen nicht gerade an den Mann geraten wären, der das ganze Schmierenstück aus dem Hintergrund inszeniert hat? Und wenn er dabei irgendein schmutziges Spiel im Sinn hat, hätte er alles wahrscheinlich sofort abgeblasen, und wir würden nie erfahren, worum es eigentlich geht. Das ist nicht meine Art, Watson, wie du weißt. Außerdem müßte Mr. Pycroft dann immer in der Ungewißheit schweben, ob seine Widersacher nicht später auf andere Art versuchen, ihren Plan mit ihm durchzuführen. Denn, wie der auch immer aussieht, seine Durchführung scheint wichtig zu sein. Deshalb müssen wir erfahren, was dahintersteckt. Nur so können wir das Übel an der Wurzel packen und mit Stumpf und Stiel ausrotten."

Das leuchtete Pycroft und mir ein. Holmes entwickelte daraufhin seine Strategie. Sein Klient würde uns beide heute zu dem Treffen mitnehmen und als Freunde vorstellen, die ebenfalls sehr an einer Stellung in der Company interessiert waren.

So tauchten wir zu dritt pünktlich um sieben in Pinners Büro auf.

Zuerst deutete ich den Gesichtsausdruck des Mannes hinter seinem Schreibtisch als Erstaunen darüber, daß Pycroft zwei Fremde mitgebracht hatte. Aber schnell wurde mir klar, daß das blanke Entsetzen aus Pinners Augen sprang. Sie glänzten fiebrig. Seine Hände, die gerade eine Zeitung weggelegt hatten, zitterten so erbärmlich, daß er sie ineinander verschränken mußte, um seine Nervosität vor uns zu verbergen.

Doch auch Holmes hatte den Zustand Pinners durchschaut. Wir wechselten einen schnellen Blick, während Pycroft sich an seinen Chef wandte: „Ich fürchte, wir kommen ungelegen, Mr. Pinner. Sie scheinen über irgend etwas sehr erregt zu sein. Ich wollte Ihnen nämlich zwei frühere Kollegen von mir vorstellen, die sehr daran interessiert wären, in die Company einzutreten. Und ich dachte ...“

Pinner stoppte Pycrofts Redefluß mit einer fahrigen Handbewegung. Seine Antwort wirkte auf mich so geistesabwesend, als wäre ihm unsere Anwesenheit gar nicht richtig bewußt oder ganz und gar unwichtig. Seine Stimme vibrierte. Offensichtlich kämpfte er mit viel Mühe dagegen an, seine Nerven zu verlieren: „Schon gut, äh, Mr. Pycroft. Ich denke, daß ich etwas für Sie tun kann, ich meine, äh, für Ihre beiden Freunde. Wenn Sie mich nur für ein paar Minuten entschuldigen. Ich, äh, muß schnell etwas überprüfen ...“

Damit verschwand er hinter einer Tür, die zu einem zweiten Raum führte, und schloß sie hinter sich ab.

„Ist euch aufgefallen“, flüsterte Holmes uns zu, „er hat sich nicht einmal erkundigt, welche Qualifikation Mr. Pycrofts Freunde für eine Stellung in der

Company mitbringen. Der Mann wirkt total gehetzt."

Holmes versank in kurzes Nachdenken, während wir unschlüssig herumstanden. Dann wandte er sich an Pycroft. „Kann er aus dem Nebenraum verschwinden, ohne daß wir es merken?"

Pycroft verneinte. „Es ist eigentlich nur eine Kammer, die nicht einmal ein Fenster hat. Nur zur Ablage von Akten gedacht."

„Still", befahl Holmes plötzlich. Man hörte Geräusche aus dem anderen Zimmer, als würde ein Stuhl gerückt. Dann eine Weile nichts. Darauf ein Poltern, als wenn das Möbel umgeworfen würde. Hatte Pinner einen Wutanfall? In diesem Moment rief Holmes plötzlich erregt:

„Meine Güte, Watson, los, die Tür!" Mit aller Kraft rammte er eine Schulter dagegen. Das Holz knirschte, gab aber noch nicht nach.

Jetzt begriff auch ich und im selben Augenblick auch Pycroft, worum es ging. Mit vereinten Kräften rannten wir die Tür ein.

Zu spät, wie ich schon Sekunden später feststellen mußte. Pinner hing seltsam verdreht an einem Strick, den er um einen kräftigen Haken in der Decke geknotet hatte. Unter seinen baumelnden Füßen lag der umgekippte Stuhl.

Blitzschnell war Holmes bei Pinner und hob ihn nach oben, während ich beinahe ebenso schnell den Stuhl aufstellte, darauf stieg und den Unglücklichen losband. Doch eine rasche Untersuchung bestätigte meine Befürchtung.

„Er hat sich das Genick gebrochen", stellte ich erschüttert fest, während die anderen beiden bleich auf mich und den Toten herabblickten.

„Ich bin ein Idiot, Watson", kam es tonlos von den

Lippen meines Freundes. „Das wenigstens hätte ich verhindern können, hätte ich schneller geschaltet. Ich hätte einen Blick auf die Zeitung draußen werfen sollen. Statt dessen hatte ich nur im Sinn, daß er erkannte, wer wir in Wirklichkeit sind, und flüchten wollte. Zu spät wurde mir klar, daß seine Verstörtheit mit der Zeitungslektüre zusammenhängen mußte. Den Beweis dafür werden wir sicher gleich erhalten. Für diesen Mann hier können wir nichts mehr tun."

Wie recht Holmes hatte, zeigte tatsächlich schon die erste Seite der Abendausgabe des „Standard".

„Raubmord bei berühmter Maklerfirma", lautete die Schlagzeile, und darunter stand: „Polizeisergeant stellt Täter. Wachmann tot im Safe aufgefunden."

Wir lasen, daß sich der berüchtigte Geldschrankknacker Lionel Beddington unter dem Namen Hall Pycroft bei der Maklerfirma hatte anstellen lassen. Wie er dies bewerkstelligen konnte, war noch ungeklärt. Er hatte es auf die Wertpapiere im Wert von mehr als einer Million Pfund abgesehen, die bei der Firma in einem einbruchsicheren Tresor aufbewahrt wurden. Beddington gab in einem ersten Geständnis zu, sich Abdrücke aller notwendigen Schlüssel besorgt zu haben. Sonnabend mittag, nachdem alle Angestellten wie üblich das Haus verlassen hatten, führte er dann kaltblütig seinen verbrecherischen Plan aus. Dabei stand ihm nur der Wächter im Weg, der den Tresor bewachte. Beddington erwürgte den Mann von hinten, räumte den Safe aus und schloß die Leiche anschließend darin ein. Vor Montag wäre sie normalerweise nicht entdeckt worden.

Doch beim Verlassen des Hauses lief ihm ausgerechnet Sergeant Miller von der Kriminalpolizei über den Weg, der ihn sofort erkannte. Nach einem heftigen Kampf konnte Miller den Räuber überwältigen.

96

Jetzt wurde noch Beddingtons Bruder gesucht, mit dem er bisher bei jedem krummen Ding zusammengearbeitet hatte.

„Eine Arbeit, die wir der Polizei nun ersparen können", bemerkte Holmes düster. „Immerhin beruhigt es mein schlechtes Gewissen diesem Toten gegenüber etwas, daß sein Bruder ganz brutal einen unschuldigen Mann umgebracht hat. Der war wahrscheinlich auch noch Familienvater. Das Ganze war natürlich von den beiden bis ins letzte geplant worden."

Pycroft räusperte sich. „Ich denke, daß es um diesen Kerl hier unter diesen Umständen nicht besonders schade ist, Mr. Holmes. Aber so ganz verstehe ich immer noch nicht, welche Rolle mir nun genau in diesem miesen Stück zugedacht war."

„Das ist schnell erklärt", erläuterte Holmes. „Die zwei Brüder überlegten sicher schon lange, wie sie an den Inhalt dieses Safes herankommen könnten, und kamen schließlich auf die Idee, daß sich einer unter falschem Namen dort anstellen lassen mußte. Ich nehme an, es wird sich im Laufe der Ermittlungen noch herausstellen, daß sie ein bestochener Angestellter über Ihre bevorstehende Einstellung informierte. Das war der Startschuß."

„Aber warum dieser Aufwand?" wollte Pycroft verständnislos wissen. „Ich meine . . ."

„Sie meinen zum Beispiel diese von Ihnen unterschriebene Bestätigung, daß Sie bei der Midland Company anfangen wollen", unterbrach ihn Holmes freundlich. „Das liegt auf der Hand. Nachdem der Maklerfirma Ihre schriftliche Bewerbung vorlag, mußte Beddington Ihre Handschrift nachahmen können. Dazu brauchte er eine Schriftprobe. Zum anderen mußten die Brüder Sie von London fernhalten, damit Sie nicht durch einen dummen Zufall hinter

97

das falsche Spiel kamen. Deshalb haben sie zum Beispiel auch verhindert, daß Sie damals offiziell bei dem Maklerbüro absagten. Aber es gab einen Fehler in der Rechnung, der uns sowieso irgendwann auf die Spur der Verbrecher gebracht hätte, leider nun zu spät für den armen Wachmann."

„Du meinst die Doppelrolle von Pinner", vermutete ich.

„Richtig." Holmes nickte. „Der Safeknacker Beddington war ja mit seiner Aufgabe an das Maklerbüro gebunden. Also übernahm sein Bruder die Rolle des Abwerbers und angeblichen Vorgesetzten in Birmingham und dachte nicht im Traum dabei an seine Goldplombe. Tja, Watson, er hätte nicht lachen sollen."

„Mir unverständlich, warum sie das Ganze so kompliziert anstellten", wunderte ich mich. „Es gab doch keinen Grund, warum der falsche Arthur Pinner noch einen Bruder Jack in Birmingham vorschieben mußte. Er hätte sich doch bei Mr. Pycroft, wie gehabt, als Arthur Pinner vorstellen können und ihm erklären, daß er ihn selbst für die nächsten Wochen in Birmingham einarbeiten würde. Die Doppelrolle wäre gar nicht nötig gewesen."

„Hut ab, Watson", lobte Holmes. „Da hast du eben völlig recht. Ich nehme an, daß der falsche Arthur Pinner Mr. Pycroft gegenüber recht gedankenlos einen Bruder erwähnte, weil er vielleicht gerade an seinen tatsächlich existierenden dachte. Und da konnte er nicht mehr zurück. Das meinte ich mit dem Fehler in der Rechnung. Und logischerweise muß es doch so gewesen sein, daß dieser Mann hier nach Lektüre der Zeitung, die ihn schon so maßlos entsetzt haben mußte, nicht mehr an einen Zufall glaubte, als wir beide mit Pycroft bei ihm auftauchten. Seine Vermutung, warum wir plötzlich bei ihm erschienen, war zwar falsch, denn von dem Überfall und dem Zeitungsbericht wußten wir ja nichts. Aber er zog daraus doch den richtigen Schluß, nämlich, daß es ihm an den Kragen gehen sollte. Da entzog er sich auf diese Weise dem Gefängnis."

„Er hat es so gewollt", sagte ich. „Deshalb darfst du dir keine Vorwürfe machen. Aber was wird nun mit Mr. Pycroft? Jetzt steht er ja wieder auf der Straße."

Der junge Mann schaute betreten drein und murmelte: „Ich kann mir auch nicht vorstellen, daß die Maklerfirma noch viel Vertrauen in mich setzt, nachdem ich mich vom ersten besten dubiosen Angebot schon habe abwerben lassen. Ich könnte es denen nicht verdenken, daß sie sich unter einem zuverlässigen, loyalen Mitarbeiter etwas anderes vorstellen."

Holmes lächelte ihm aufmunternd zu: „Mein lieber junger Mann, ich denke, daß die Firma Ihnen diesen Fehler verzeihen wird, wenn Watson und ich dort ein gutes Wort für Sie einlegen. Immerhin haben Sie trotz allem eine gute Beobachtungsgabe bewiesen und hätten dadurch die Gangster auffliegen lassen. Für das vorzeitige, tragische Ende kann man Sie nicht verantwortlich machen. Was meinst du dazu, Watson?"

„Ganz deiner Meinung", gab ich ihm recht. „Natürlich bin ich bereit, Mr. Pycroft zu helfen."

Pycroft brach daraufhin in überschwengliche Dankesbezeigungen aus, und ich habe noch nachzutragen, daß er heute bei dieser großen Maklerfirma ein angesehener Mitarbeiter ist und noch eine vielversprechende Karriere vor sich hat.

Ein ganz einfacher Fall

Der Mord an Oberst Barclay in Aldershot war jetzt zwei Tage her und hatte ziemliches Aufsehen erregt. Die Zeitungen ergingen sich genüßlich in Details. Das war auch kein Wunder, denn die Geschichte wies alles auf, was Reporter lieben: ein nach außen hin glückliches Paar, seit dreißig Jahren verheiratet, als Schauplatz eine Kleinstadt, in der man jetzt den Fall richtig breittrat. Denn Tatverdächtige Nummer eins war die Ehefrau Nancy. Und die Zeitungen deuteten leise an, daß der Oberst ein pikantes Verhältnis mit einer jungen Dame namens Kathy Morrison gehabt haben könnte, die dann schließlich irgendwann das Gewissen plagte. Es wurde gemutmaßt, daß Miß Morrison der Ehefrau, mit der sie auch noch aktiv in der Kirchengemeinde zusammenarbeitete, ihre Sünden gebeichtet hatte. Daraufhin sollte es zu einem furchtbaren Streit zwischen den Eheleuten gekommen sein, wobei Nancy Barclay ihren Mann schließlich, außer sich vor Zorn, mit einem Stock erschlug. Die Tatwaffe war neben der Leiche gefunden worden, die Ehefrau hatte ohnmächtig auf dem Sofa gelegen.

Für die Journalisten war es außerdem ein gefundenes Fressen, daß Barclay auch noch Befehlshaber der Royal Mallows in Aldershot gewesen war, eines irischen Regiments, das sich während des Krimkrieges und in Indien jede Menge Auszeichnungen verdient hatte. Auch Barclay selbst war ein hochdekorierter Soldat gewesen. Er hatte seinen Aufstieg in der Armee nicht etwa seiner Herkunft, sondern seiner außergewöhnlichen Tapferkeit zu verdanken gehabt.

Es war nicht einfach, aus den langatmigen Berich-

100

ten Klatsch, Spekulationen und Fakten voneinander zu trennen. Aber da ich mich als ehemaliger Militärarzt in Afghanistan für das Schicksal eines so untadeligen Offiziers interessierte, machte ich mir die Mühe.

Schließlich konnte ich mir die bisher bekannten Ereignisse, die zu dem tragischen Ende Barclays geführt hatten, folgendermaßen zusammenstückeln:

Kurz vor acht Uhr abends hatte Nancy Barclay das Haus verlassen, eine kleine Villa am Rand von Aldershot. Sie war auf dem Weg zu einem Treffen der Kirchenmitglieder gewesen, wo eine Wohltätigkeitsveranstaltung besprochen werden sollte.

„Bis bald, Liebling", hatten ihre Abschiedsworte gelautet. Das bestätigten sowohl der Diener des Hauses als auch die beiden weiblichen Angestellten der Barclays.

Nancy Barclay hatte Miß Morrison zu dieser Sitzung abgeholt. Etwa eine Stunde später war sie jedoch bereits wieder zurück nach Hause gekommen. Der Köchin und der Hausdame war sofort aufgefallen, daß sie nicht zu ihrem Mann ins Arbeitszimmer gegangen war, sondern sich eine Tasse Tee ins Gästezimmer bestellt hatte. Die beiden Hausangestellten hatten das zwar ungewöhnlich gefunden, waren sich aber später nicht einig darüber, ob Mrs. Barclay da schon aufgeregt gewesen war oder nicht.

Bei einer der beiden hatte sich Oberst Barclay wenig später nach seiner Frau erkundigt und schien erstaunt, aber nicht beunruhigt, daß diese im Gästezimmer saß. Auf jeden Fall hatte er sich auf den Weg zu ihr gemacht.

„Du widerliches Scheusal! Du hast mir dreißig Jahre meines Lebens gestohlen. Ich könnte dich umbringen!" Diese in höchster Erregung und Wut von

Nancy Barclay geschrienen Anschuldigungen und Drohungen waren danach durchs ganze Haus gehallt. Entsetzt und neugierig zugleich, waren der Diener und die beiden Frauen zur Tür des Gästezimmers gerannt. Sie waren gerade dort angekommen, als ein furchtbarer Schrei des Obersten zu hören gewesen war und dann ein dumpfer Fall. Danach war es totenstill geblieben.

„Um Himmels willen, Herr Oberst, Mrs. Barclay, ist etwas geschehen?!" hatte der Diener nach einigen Schrecksekunden durch die geschlossene Tür gerufen und gleichzeitig versucht, sie zu öffnen. Sie war versperrt gewesen. Deshalb war er außen um das Haus herumgelaufen, wo eine Terrassentür zum Gästezimmer führte. Und dort hatte er den Obersten mit blutüberströmtem Kopf auf dem Boden neben dem Kamingitter liegend gefunden – und Mrs. Barclay besinnungslos auf der Couch.

„Nie werde ich das Gesicht des Herrn Obersten vergessen können", wurde die polizeiliche Aussage des Dieners in einer Zeitung zitiert. „Es war in furchtbarem Entsetzen verzerrt."

Mrs. Barclay war inzwischen verhaftet worden und verbesserte ihre Lage nicht gerade dadurch, daß sie hartnäckig zu den Vorkommnissen jener Nacht schwieg. Es sah wirklich nicht gut für sie aus. Die Polizei ging davon aus, daß der holzgeschnitzte Stock, dessen Spitze aus Elfenbein war, von Mrs. Barclay als Tatwaffe benützt worden war. Zwar konnte sich die Dienerschaft nicht daran erinnern, dieses Ding jemals im Haus gesehen zu haben. Doch das hielt die Polizei für bedeutungslos, da das Haus des Obersten mit allen möglichen Sammelsurien aus den verschiedensten Ländern vollgepfropft war.

Schließlich fand ich unter einem Bericht einen Zu-

satz, der mich etwas wehmütig stimmte. Seit meiner
Heirat mit Mary hatte ich nur noch einmal die Gelegenheit gehabt, einen der Fälle meines Freundes und
langjährigen Weggefährten Sherlock Holmes haut-
nah mitzuerleben, den ich später als „Fehler in der
Rechnung" niederschrieb. Aber das war inzwischen
auch schon wieder einige Monate her.

Jetzt hatten wir Hochsommer. Und nun fand ich
die Notiz: „Wie wir aus sicherer Quelle wissen, hat
Major Caruthers, ein enger Freund der Barclays, den
berühmten Londoner Detektiv Mr. Sherlock Holmes
eingeschaltet. Der Major bestätigte uns dies weder,
noch dementierte er es, sagte aber immerhin: ‚Sie
können davon ausgehen, daß ich völlig davon überzeugt bin, daß Mrs. Barclay am Tod ihres Mannes
unschuldig ist. Und dieser Meinung ist jeder meiner
Regimentskameraden, der noch einen Funken Men-
schenkenntnis besitzt.'"

So informiert, starrte ich eine Zeitlang recht trüb-
sinnig vor mich hin. Mary war bereits zu Bett gegangen. Ich stellte mir vor, wie Holmes zur Zeit hinter
der Lösung dieses aufsehenerregenden Falles her-
jagte – bester Stimmung, wenn er sie bereits vor
Augen hatte. Oder – falls er nicht weiterkam – grüble-
risch, nervös und abgezehrt, nächtelang in seinem
Zimmer auf und ab wandernd, ohne auch nur einen
Bissen zu essen. Gerne hätte ich meine Arztpraxis,
die mich zur Zeit vierzehn bis fünfzehn Stunden am
Tag auf Trab hielt, für einige Tage meinem Kollegen
Jackson übertragen, wenn nur Holmes mich wieder
einmal an einem Fall beteiligen würde.

Ich hatte diesen stillen Wunsch kaum zu Ende gedacht, da schellte es an meiner Tür, und Holmes
stand draußen. Ich wäre ihm fast um den Hals gefallen, hätte ich nicht gewußt, daß er mit solchen Ge-

fühlsausbrüchen überhaupt nichts anfangen konnte. So begrüßte er mich auch erst einmal so alltäglich wie zu früheren Zeiten, als wir noch zusammenwohnten:

„Hallo, Watson. Es ist zwar schon spät, aber wenn du nichts dagegen hast, komme ich auf einen Sprung herein."

Im Wohnzimmer ließ er sich in einen Sessel sinken und zündete sich eine Pfeife an. Ich reichte ihm eine Tasse Tee dazu. Mit keinem Wort erkundigte er sich nach meiner Frau, was andere vielleicht als Taktlosigkeit empfunden hätten. Aber ich kannte ihn ja. Eher würde er sich die Zunge abbeißen, als auch nur den Anschein zu erwecken, daß Frauen ihn in irgendeiner Weise interessierten. Oft hatte ich in der Vergangenheit den Eindruck gewonnen, er fürchtete nichts mehr, als daß ihm jemand Emotionen nachsagen könnte. Am allermeisten stießen ihn Gefühlsregungen gegenüber dem sogenannten schwachen Geschlecht ab. Er kontrollierte sein Innenleben wie ein perfekter Schachspieler seine Figuren, blieb stets kühl und konzentriert. Holmes war eben eine reine Denkmaschine.

Diesmal wollte ich ihn überrumpeln, und so fragte ich ihn lapidar: „Der Barclay-Fall, habe ich recht?"

Nur ganz kurz hob er eine Augenbraue, was ich mit verstohlener Freude registrierte, weil das bei ihm schon meist das einzige Zeichen von Erstaunen war.

„Ich sehe, du liest die Zeitungen, Watson", bemerkte er dagegen in völlig gelassenem Tonfall. „Schon immer eine Angewohnheit von dir, die mir oft unnötige Arbeit erspart hat. Du hast richtig geraten. Ich würde dich gerne ab morgen vormittag für die letzte Etappe der Geschichte in Anspruch nehmen. Hast du Lust?"

Ich dachte nicht daran, ihm zu zeigen, wie sehr

mich sein Vorschlag begeisterte, und meinte nur achselzuckend: „Na ja, meinetwegen. In der Praxis tut sich zur Zeit nicht viel. Da kann ich mir leicht ein, zwei freie Tage gönnen."

Holmes lachte laut los: „Ach, Watson, was bist du doch für ein Schwindler. In Wahrheit ist es doch so, daß deine Tätigkeit als Arzt dich gerade zur Zeit voll in Anspruch nimmt. Aber gerade deshalb rechne ich es dir hoch an, daß du mich begleiten willst."

„Wie kommst du nur darauf, daß ich dir etwas vormache?" hielt ich ihm ärgerlich entgegen, weil ich mir wirklich nicht vorstellen konnte, wie er mir auf die Schliche gekommen war. Mir war nichts bewußt, wodurch ich mich verraten hätte.-

„Deine Schuhe im Flur", erwiderte Holmes. „Sie sind nicht besonders staubig, nur ganz leicht. Also sind sie nicht frisch geputzt. Dagegen kenne ich deine Gewohnheiten. Wenn du nur wenige Patienten besuchen mußt, gehst du zu Fuß, sind es viele, benützt du eine Droschke, wobei die Schuhe natürlich nur wenig Schmutz annehmen. So einfach ist das."

„So einfach ist das immer, wenn du es einem erklärt hast", brummte ich überführt. „Nur von selbst kommt man nie darauf."

Holmes erhob sich. „Also bis morgen, Watson. Ich will dich nicht länger stören, es ist bald Mitternacht. Sei bitte morgen kurz vor elf an der Waterloo-Station. Ich habe vor, mit dir als Zeugen zuerst Miß Morrison einen Besuch abzustatten."

„Du denkst also auch, wie diese Klatschreporter, daß sie ein Verhältnis mit dem Obersten hatte?" fragte ich neugierig.

Holmes musterte mich belustigt. „Seit wann vergleichst du meine Denkweise mit diesen Schreiberlingen, Watson? Ich muß doch sehr bitten. Nein, ich denke an keine Liebesbeziehung. Die Aussagen von Barclays Regimentskameraden schließen für mich aus, daß er seine Frau betrog. Dazu war er viel zu sehr auf seine Frau fixiert. Aber Miß Morrison muß etwas wissen. Denn Mrs. Barclay hat sie nicht nur zu dieser Kirchenratssitzung abgeholt, sondern auch wieder nach Hause gebracht und dort abgesetzt. Und in dieser Zeit hat sich ganz offensichtlich die Meinung von Mrs. Barclay gegenüber ihrem Mann ganz radikal geändert. Überleg mal. Sie geht mit liebevollen Abschiedsworten aus dem Haus und kommt wieder, ohne ihren Mann wie üblich zu begrüßen. Nein, sie zieht sich zurück und verlangt eine Tasse Tee, den man sehr gerne zur Beruhigung trinkt, wie du weißt. Als ihr Mann bei ihr auftaucht, macht sie ihm sofort heftige Vorhaltungen. Ganz klar, daß in der Stunde zwischen ihrem Weggang und ihrer Rückkehr etwas Außerordentliches geschehen sein muß."

„Leuchtet ein", fand ich auch. „Dann bin ich mal gespannt, ob Miß Morrison dir gegenüber ihr Herz ausschütten wird, wenn sie das der Polizei gegenüber noch nicht getan hat."

„Das wird sie, Watson, sei dir sicher", verabschiedete sich Holmes überzeugt an der Haustür. Ich sah ihm nach, bis seine hagere Gestalt mit weit ausholenden Schritten in der Dunkelheit verschwand.

Am nächsten Vormittag, während der Zugfahrt nach Aldershot, gab sich Holmes sehr schweigsam, und ich überließ ihn seiner Nachdenklichkeit. Erst als er einige Male dieselben Worte vor sich hin murmelte, unterbrach ich ihn.

„Was meinst du mit den dreißig Jahren, Holmes?"

„Wie?" Er mußte sich erst wieder auf mich konzentrieren, so weit weg waren seine Gedanken gewesen.

„Du murmelst ständig etwas von ‚gestohlenen drei-

ßig Jahren' vor dich hin. Ich habe diesen Ausdruck im Zusammenhang mit dem Streit von Mrs. Barclay mit ihrem Mann gelesen, oder irre ich mich?"

„Da haben die Zeitungsfritzen ausnahmsweise richtig berichtet." Holmes nickte. „Tatsächlich beschäftigt mich dieser Vorwurf, den Mrs. Barclay ihrem Mann an den Kopf geworfen hat. Dreißig gestohlene Jahre, Watson. Das bedeutet doch, daß die Ursache für Mrs. Barclays Zorn dreißig Jahre zurückliegt und sie erst vor zwei, nein, jetzt drei Tagen davon erfahren hat, was sich damals ereignete."

„Vielleicht hatte der Oberst damals eine Geliebte, eine andere zusätzlich, meine ich", dachte ich laut nach. „Soviel ich weiß, sind sie dreißig Jahre lang verheiratet gewesen."

Holmes schüttelte unwillig den Kopf. „Watson, manchmal glaube ich, daß ich von Frauen mehr verstehe als du, obwohl ich mich nicht mit ihnen auseinandersetzen muß, im Gegensatz zu dir. Glaubst du im Ernst, eine Frau würde nach dreißig Jahren darüber, daß ihr Ehemann zur Zeit ihres Verlöbnisses ein Verhältnis hatte, so in Wut geraten? Und ihn deswegen umbringen? Allenfalls würde sie ihn verlassen. Viel wahrscheinlicher ist, daß sie ihn einige Zeit mit Verachtung strafen und ihm dann verzeihen würde, ein Vorgang, den der Ehemann mit einigen passenden Geschenken doch sicher beschleunigen könnte."

„Nicht jede Frau ist so bestechlich", widersprach ich ihm in dem Punkt ärgerlich, gab aber zu: „Grundsätzlich hast du vermutlich recht, denke ich."

„Natürlich muß das ein viel tiefer greifendes Erlebnis gewesen sein", fuhr Holmes fort. „Dazu muß ich dir fairerweise noch nachtragen, was ich am Tatort an Spuren entdeckt habe, bevor ich dich gestern nacht besuchte."

„Und das wäre?" Meine Neugier war wieder geweckt.

„Tja, höchst interessante Spuren." Holmes lächelte. „Wie du weißt, geht vom Gästezimmer eine Terrassentür auf den Rasen hinaus, der wiederum nur durch eine niedrige Mauer von der Straße abgegrenzt wird. Und hinter dieser Mauer sowie auf dem Rasen, bis zur Türe hin, fand ich Fußspuren; wegen ihrer Größe stammen sie sicherlich von einem Mann. Das Besondere daran waren aber die runden Eindrücke jeweils daneben, die sehr gut von einem Stock stammen können. Unter meiner Lupe fand ich übrigens diese Spuren auch noch im Gästezimmer, obwohl der Boden draußen sehr trocken war und deshalb nicht viel an Abdrücken auszumachen war. Aber mir genügte es."

„Das würde also heißen, daß noch jemand an dem Streit beteiligt war", schloß ich daraus, erregt über diese neue Wendung.

Holmes bestätigte das ernst. „Genau. Jemand, der am Stock ging, der – den Fußspuren nach – dort eine Weile stand und anscheinend die ganze Szene im Gästezimmer durch die Glastür beobachtete und schließlich dazukam. Und er ging später ohne Stock zurück über den Rasen, Watson! Das zeigten mir weitere Abdrücke, neben denen der runde Eindruck vom Stock fehlte. Und aus ihrer Beschaffenheit und ihren Abständen konnte ich ersehen, daß dem Mann die Fortbewegung ohne den Stock sehr schwer fiel. Aber er hatte es trotzdem sehr eilig. Er muß nämlich zwischendurch sogar einmal schwer gestürzt sein. An einer Stelle im Rasen fand ich eindeutige Spuren eines Knies und zweier Hände daneben, mit denen er sich offenbar gerade noch abstützen konnte."

Ich folgerte: „Dann gehört der Stock, den die Polizei als Mordwaffe bezeichnet, also ihm. Aber ich kann mir kaum vorstellen, daß hier ein Greis den rüstigen Obersten erschlagen hat. Und wieso sollte Mrs. Barclay dann darüber schweigen?"

„Ja, warum schützt sie diesen Mann, wenn er für den Tod ihres Gatten verantwortlich wäre?" murmelte Holmes. „Mit dem Geschehen um das Ende

von Barclay hat er auf jeden Fall direkt oder indirekt zu tun, da bin ich sicher. Aber deine Ansicht, daß es sich dabei um einen alten Mann handeln muß, erschüttert mich schon tief, Watson. Gerade du als Militärarzt solltest doch erlebt haben, wie viele andere Möglichkeiten es gibt, sich ein Gebrechen zu holen, das einen Stock nötig macht! Dafür muß man nicht alt sein. Und schleppst du nicht selbst eine alte Kriegsverletzung am Bein herum, die dich zeitweilig behindert?"

Ich schämte mich fast dafür, daß ich mich wegen einer so dummen Schlußfolgerung nun so bloßstellen lassen mußte, und brummte: „Manchmal sind meine Worte einfach schneller als meine Gedanken. Trample bitte nicht weiter darauf herum. Aber, was mich jetzt neugierig macht, wie willst du diesen Mann finden?"

„Ich denke, da wird uns Miß Morrison weiterhelfen können", orakelte Holmes. Dann hüllte er sich wieder in Schweigen, bis wir bei Kathy Morrison eintrafen.

Auf sein Läuten öffnete uns eine etwa dreißigjährige, unscheinbare und verschüchterte Frau, von der ich mir von dieser Sekunde an überhaupt nicht mehr vorstellen konnte, daß sie ein Verhältnis haben könnte, und schon gar nicht mit dem Mann ihrer Freundin.

Sie ließ uns nur zögernd ein, sah aber wohl auch keine Möglichkeit, sich einer so bestimmenden Persönlichkeit wie Holmes zu widersetzen.

Doch als Holmes ihr auf den Kopf zusagte, daß sie der Polizei im Zusammenhang mit Mrs. Barclay wohl einiges verschwiegen habe, legte sie eine erstaunliche Widerstandskraft an den Tag und kniff verbissen die Lippen zusammen. Dabei sah sie uns zwar furchtsam, aber doch trotzig an.

Erst als Holmes sie eindringlich darauf hinwies, daß Nancy Barclay in ernsthafter Gefahr war, wegen Mordes verurteilt zu werden, wurde sie unsicher und brach dann plötzlich mit einem Wortschwall ihr Schweigen. Es sprudelte nur so aus ihr heraus, und mit jedem Wort schien eine Last von ihr abzufallen.

„Ja, Sie haben recht", sagte sie aufgeregt, „ich muß die Wahrheit sagen, wenn ich der armen Nancy helfen will. Wo sie in solch schlimmen Schwierigkeiten steckt. Ich kann mein Versprechen ihr gegenüber, in jedem Fall zu schweigen, einfach nicht mehr halten. Ich bete zu Gott, daß ich jetzt das Richtige tue." Sie knetete nervös ein Taschentuch in den Händen.

„Ganz bestimmt", ermunterte sie Holmes sanft. „Ich gebe Ihnen mein Wort darauf."

Das brach den Bann endgültig. Kathy Morrison erzählte uns von einer unheimlichen Begegnung in der Dämmerung, die sie mit Nancy Barclay vor ein paar Tagen auf dem Nachhauseweg gehabt hatte. Das heißt, es war kurz nach neun gewesen und eigentlich schon Nacht.

Die beiden Frauen waren mit der offenen Kutsche gerade in eine stille Straße eingebogen, die nur spärlich beleuchtet war. Plötzlich durchschnitt eine Stimme die Stille: „Nancy!"

Kathy Morrison beschrieb diesen Schrei als qualvoll und verzweifelt.

Da humpelte auch schon eine gebückte Gestalt neben ihnen her. Das Licht einer Straßenlaterne fiel auf ihr Gesicht, und in der Sekunde schrie nun auch Nancy Barclay auf: „Henry!"

Sie ließ augenblicklich die Kutsche anhalten und stieg aus. Dabei sagte sie zu Kathy: „Hab keine Angst, es besteht keine Gefahr." Aber ihr Gesicht war totenbleich.

Zitternd hatte Mrs. Morrison beobachtet, wie die beiden sich unter der Laterne unterhielten. Erst nach einer Weile hatte sie erkennen können, daß die andere Person ein entsetzlich verkrüppelter Mann war. Seine Beine waren ganz merkwürdig verdreht, und er konnte den Rücken nur krumm halten. Aber wie er so dastand und zu Nancy aufblickte, hatte er plötzlich nur noch etwas Rührendes an sich, und Kathy verlor ihre Angst. Sie spürte, daß dieser verwachsene Mensch nichts Böses vorhatte.

Nach etwa zehn Minuten hatte Nancy dann wieder die Kutsche bestiegen. Sie schwieg während der gesamten Rückfahrt. Erst, als sie Kathy vor deren Haus aussteigen ließ, sagte sie etwas Rätselhaftes zu ihr:

„Kathy, ich habe einen Menschen getroffen, der schon vor dreißig Jahren gestorben ist. Schwöre mir, daß du niemals irgend jemandem gegenüber ein Wort von diesem Zwischenfall erwähnen wirst."

„Ich schwöre es dir", hatte Kathy ernst geantwortet.

Das war die ganze Geschichte gewesen. Jetzt sah sie uns mit feuchten Augen an und meinte leise: „Ich habe diesen Schwur gebrochen, weil ich meiner Freundin das Gefängnis ersparen will. Ich hoffe, sie wird es mir verzeihen. Von all dem, was nach dieser Begegnung passierte, weiß ich nichts, glauben Sie mir." Flehend blickte sie zu meinem Freund auf.

„Das tue ich", erwiderte Holmes beruhigend. „Und ich bin sicher, Nancy Barclay wird Ihnen noch einmal dankbar sein. Nur noch zwei Fragen. Hatte der Mann einen Stock bei sich, und wie hieß die Straße, wo Sie ihn trafen?" Gespannt wartete Holmes auf die Antwort.

„Die zweite Frage ist leicht, es war die Hudson Street, wo wir anhielten", erwiderte Mrs. Morrison.

„Bei der ersten muß ich überlegen." Sie runzelte die Stirn. Dann nickte sie. „Ja, jetzt wo Sie es erwähnen, erinnere ich mich, daß der Mann sich tatsächlich auf einen Stock stützte."

Das war alles, was Holmes wissen wollte. Er bedankte sich bei Mrs. Morrison für ihre Hilfe, und wir verabschiedeten uns.

„Es wird nicht schwer sein, ihn zu finden", war Holmes anschließend überzeugt, als wir wieder auf die Straße traten. „So wie Miß Morrison die Begegnung geschildert hat, hat der Mann nicht gewußt, daß Mrs. Barclay an diesem Abend dort vorbeikommen würde, sondern sie zufällig getroffen, obwohl er vermutlich schon nach ihr gesucht haben mag. Ich nehme an, daß er dort irgendwo in der Nähe in einer billigen Pension abgestiegen ist. So wie er aussieht, müßte er doch auffallen." Energisch schritt Holmes aus, daß ich ihm kaum folgen konnte.

Er behielt wie immer recht. Schon in der zweiten Pension, die wir aufsuchten, einer heruntergekommenen Absteige, schickte uns die Wirtin in ein Zimmer im ersten Stock, mit dem lapidaren Hinweis: „Er hockt oben, ist seit zwei Tagen nicht mehr aus seiner Bude gekrochen."

Wir trafen ein erbarmungswürdiges Geschöpf an. Der Mann war wirklich schrecklich verkrüppelt. Aus einem verrunzelten Gesicht sahen uns teilnahmslose Augen an, und ebenso apathisch klangen seine Worte:

„Warte schon seit zwei Tagen auf Sie, Sir! Verhaften Sie mich, es ist mir völlig egal. Ich habe nichts zu verlieren."

Die Trostlosigkeit, die aus diesen Worten sprach, rührte mich tief, und auch Holmes zeigte Mitgefühl, als er leise sagte: „Wir sind nicht von der Polizei.

Aber es gibt etwas, für das Sie sich einsetzen sollten. Nämlich ein Leben in Freiheit für Nancy Barclay. Sie sind der einzige Mensch, der verhindern kann, daß sie wegen Mordes an ihrem Mann angeklagt und verurteilt wird. Und wenn ich mich nicht sehr irre, lieben Sie sie doch noch immer."

Ein Stöhnen kam aus der Brust des Mannes, als er begriff, was Holmes ihm da erklärte.

„Das wußte ich nicht. Bei Gott, das wußte ich nicht", klagte er erschüttert. „Darum also wurde ich bisher nicht verhaftet. Aber warum hat sie nur geschwiegen? Es war doch ein Unfall, und Barclay hat den Tod tausendmal verdient. Ihm habe ich zu verdanken, daß ich damals Nancy verlor und zum Krüppel gemacht wurde."

Es war eine furchtbare Geschichte, die uns Henry Wood nun anvertraute.

Er war einst ein junger, blendend aussehender Corporal bei den Royal Mallows, wo James Barclay damals Sergeant war. Sie waren beide in Indien stationiert, als dort ein blutiger Aufstand losbrach. Henry Wood hatte die Liebe des hübschesten Mädchens gewonnen, nämlich von Nancy, der Tochter eines anderen Sergeanten. Aber auch Barclay, ein karrieresüchtiger und zielstrebiger Mann, war in Nancy verliebt, mußte aber bald erkennen, daß er bei ihr keine Chancen hatte.

Dann wurde das Regiment von den Feinden eingekesselt. Wood bot sich an, durch die feindlichen Linien zu schleichen und Verstärkung zu holen. Barclay, der die Gegend kannte wie kein anderer, zeichnete ihm den Fluchtweg auf. Doch Wood lief genau den Feinden in die Hände, denn Barclay hatte ihn verraten. Von da an hörte man im Regiment, das später auf andere Weise befreit wurde, nie wieder etwas von

Corporal Wood. Er wurde schließlich offiziell für tot erklärt.

Doch die Aufständischen hatten Wood nicht umgebracht. Er wurde aber so grausamen Folterungen ausgesetzt, daß er als Krüppel daraus hervorging. Schließlich konnte er fliehen, gelangte auf Umwegen und unter großen Strapazen nach Nepal, wo ihn ein wilder Bergstamm wiederum gefangennahm und zwanzig Jahre lang als Sklaven hielt, bis er endlich ausreißen konnte. Die nächsten Jahre brachte er sich in Asien als Gaukler durch. Schließlich beschloß er, noch einmal nach England zu reisen, um Nancy ein letztes Mal zu sehen. Er hatte längst erfahren, daß sie schließlich Barclay geheiratet hatte.

„Verstehen Sie", sagte er bitter. „Ich wollte sie nur von ferne sehen, sie auf keinen Fall mit mir konfrontieren. Ich wollte ihr Leben nicht zerstören. Als sie dann aber plötzlich an mir vorbeifuhr, konnte ich nicht verhindern, daß ich laut ihren Namen schrie. Und sie erkannte mich trotz meiner verfluchten Entstellungen sofort und stieg aus. Da habe ich ihr alles erzählt und bin ihr schließlich nachgegangen."

„Und dann haben Sie durch die Glastür den Streit des Ehepaares beobachtet", fuhr Holmes fort.

„Ja. Sie machte einen furchtbar erregten Eindruck, sogar auf diese Entfernung", berichtete Wood. „Verstehen konnte ich ja nichts. Sie wandte sich schließlich zum Gehen, wollte durch die Terrassentür. Er riß sie am Arm zurück, wieder ins Zimmer hinein. Da habe ich nicht lange überlegt und bin hinübergehumpelt und hinein. Barclay muß ich wie eine Ausgeburt der Hölle erschienen sein. Aber er hat mich sofort erkannt. ,Wood, mein Gott', flüsterte er, und in meinem ganzen Leben habe ich kein so furchtbar verzerrtes Schreckensantlitz gesehen wie das von Barclay.

115

Dann kippte er um, fiel auf den Kaminrost und war mausetot. Und ich muß sagen, daß ich es ihm von Herzen gönnte."

„Aber warum haben Sie Nancy ihrem Schicksal überlassen?" wollte Holmes wissen.

Henry Wood sah uns traurig an. „Sie war ohnmächtig geworden. Mein erster Impuls war, durch die andere Tür hinauszustürzen und Hilfe zu holen, das Hauspersonal zusammenzuschreien. Aber die Tür war von innen zugeschlossen, und der Schlüssel steckte nicht. Wahrscheinlich hatte ihn Barclay in der Jackentasche. Da hat mich jeder Mut verlassen. Ich dachte wirklich nicht daran, daß irgend jemand auf den Gedanken käme, Nancy hätte ihren Mann umgebracht. Aber mir würde es niemand geglaubt haben, daß es ein Unfall war. Da bin ich in richtiger Panik auf und davon, habe sogar meinen Stock vergessen. Deshalb bin ich auch fast auf die Nase gefallen. Dann habe ich mich wieder hier verkrochen und eigentlich damit gerechnet, daß Nancy die Geschichte der Polizei erzählen wird und die mich dann abholt."

„Nancy Barclay hat bis heute kein Wort von Ihnen erwähnt, selbst um den Preis einer Mordanklage nicht", betonte Holmes noch einmal und rang sich zu der für ihn außergewöhnlichen Bemerkung durch: „Eine wirklich erstaunliche Frau."

„Dann müssen wir alles tun, um sie vor dieser Verurteilung zu bewahren." Plötzlich kam Leben in Henry Wood. „Wenn Sie beide mich stützen, sind wir ganz flink bei der Polizei, und ich werde alles auf mich nehmen."

„Letzteres ist nur insoweit nötig, als es den Tatsachen entspricht." Holmes lächelte. „Wenn Nancy keinen Grund mehr sieht, Sie zu schützen, wird sie Ihre Aussage sicher gerne bestätigen. Niemand wird Ih-

116

nen dann unterstellen, Barclay persönlich getötet zu haben. Gehen wir, Mr. Wood."

Wie Holmes vorausgesagt hatte, ging die Geschichte auch aus. Nancy Barclay wurde sofort freigelassen, und auch Wood blieb ein freier Mann. Doch kurz darauf verschwand er, und weder Mrs. Barclay noch Holmes und ich haben bis heute je wieder von ihm gehört.

Skandal in Böhmen

Es war ein ungewöhnlich milder Maiabend im Jahre 1887, an dem mich der Zufall nach langer Pause wieder mit Sherlock Holmes zusammenführte. Ich war nach wie vor glücklich verheiratet, und meine Arztpraxis lief gut. Diese beiden Tatsachen brachten es mit sich, daß Holmes und ich uns nicht mehr so häufig sahen. Er bewohnte nach wie vor die Räume in der Baker Street, und ab und an las ich in den Gazetten Berichte über seine kriminalistischen Erfolge.

Doch als ich an diesem Abend nach einem Krankenbesuch nach Hause ging, führte mich der Weg an dem Haus vorbei, in dem ich so oft Zeuge von Holmes' kühlem scharfem Verstand und seiner perfekten Beobachtungsgabe geworden war. Oben, hinter dem erleuchteten Fenster, sah ich seine sehnige Gestalt auf und ab gehen, den Kopf gesenkt, die Arme hinter dem Rücken verschränkt. Wie vertraut war mir diese Haltung geworden! Sie sagte mir, Sherlock Holmes, der berühmteste Detektiv seiner Zeit, arbeitete an einem Fall.

Ich konnte nicht anders, als ihn zu besuchen. Holmes wäre nicht er selbst gewesen, hätte er bei meinem Eintreten Überraschung oder gar Freude gezeigt. Ich hatte ihn nie als gefühlsbetonten Menschen erlebt. Holmes besaß die menschliche Ausstrahlung und Herzenswärme eines Eskimo-Iglus. Nur in seinen Augen glaubte ich für den Bruchteil einer Sekunde ein Aufflackern bemerkt zu haben, das ich euphorisch als ein Zeichen von Zuneigung deutete.

Dabei schätzte er mich nur kurz ab und meinte dann trocken: „Die Ehe scheint dich in einen guten

Stall geführt zu haben. Du hast sieben Pfund zugelegt."

Es stimmte genau, was mich nicht sehr verblüffte. Ich kannte seinen Blick für Details schließlich. Aber wie sich in der nächsten Sekunde zeigte, schaffte er es trotzdem noch, mich zu überraschen. So ganz nebenbei sagte er nämlich noch: „Finde ich sehr richtig von dir, daß du wieder als Arzt arbeitest. Aber mit deinem Dienstmädchen solltest du ein ernstes Wort bezüglich ihrer Schlampigkeit reden."

„Wie kommst du darauf?" war alles, was mir dazu einfiel.

„Ach, Watson", schmunzelte er und setzte sich in einen tiefen Lehnstuhl, „langsam müßtest du mich wirklich so gut kennen, um zu wissen, daß hinter meinen Erkenntnissen keine Zauberei steckt, sondern simple Kombination. Du riechst nach Jodoform, und deine ausgebeulte Manteltasche zeigt mir, wo du dein Stethoskop hast. Und über der Sohle von deinen Schuhen sehe ich eine Menge Kratzer. Woraus ich schließe, daß dein Dienstmädchen recht grob mit ihnen umging, als sie eine offenbar dicke Schmutzschicht abbürstete. Das wiederum beweist mir, daß du kürzlich bei schlechtem Wetter draußen warst, nur nebenbei erwähnt."

„Ich fühle mich schon wieder wie zu Hause", lachte ich los. „Wie in alten gemeinsamen Zeiten."

„Mhm, die können wir wieder aufleben lassen", lockte er mich ohne Vorwarnung und wedelte mit einem Blatt Papier vor meiner Nase herum. „Lies diesen Brief. Er ist heute morgen angekommen."

Ich nahm gespannt einen rosafarbenen Briefbogen entgegen. Das Papier wog schwer, war ohne Datum und Unterschrift. Der Text klang aufregend geheimnisvoll, und die Einleitung bezog sich darauf, daß

119

Holmes in letzter Zeit für ein Königshaus in Europa gearbeitet hatte, zur großen Zufriedenheit des Auftraggebers. Dann hieß es weiter:

Um genau fünfzehn Minuten vor acht Uhr abends werden Sie Besuch von einer Person erhalten, die Ihre Hilfe in einer ungemein heiklen Angelegenheit von äußerster Dringlichkeit in Anspruch nehmen wird. Da zudem strikte Geheimhaltung geboten ist, wird die Person ihre Identität nicht preisgeben. Wir vertrauen auf Ihre Diskretion in dieser Sache.

„Es wird dir schon aufgefallen sein, daß es sich um sehr teures Papier handelt", sagte Holmes und deutete mit seinem Pfeifenstiel auf den Briefbogen. „Es ist übrigens nicht in England hergestellt. Wie du weißt, habe ich mich mit der Untersuchung der verschiedensten Papiersorten befaßt. Jetzt halte den Bogen gegen das Licht und achte auf die Wasserzeichen."

Ich tat es. „Da steht ‚Eg', dann ein ‚P' und ‚Gt'", stellte ich fest. „Ist das das Monogramm des Absenders?"

Holmes verneinte. „Das ‚Gt' ist lediglich die Abkürzung für Gesellschaft, das ‚P' heißt schlicht Papier. Interessant ist das ‚Eg', wie ich aus einem geographischen Lexikon entnehmen konnte. Es bedeutet eine Stadt in Böhmen. Eger, bei Karlsbad. Bekannt durch den Mord an Wallenstein."

„Das Papier wird also in Böhmen hergestellt", folgerte ich.

„Richtig, Watson. Der eigenartigen Ausdrucksweise nach dürfte der Absender ein Deutscher sein. Bestimmt ein berühmter, wichtiger Mann, vielleicht aus Regierungskreisen, der sich so wichtig nimmt oder vielleicht auch so wichtig ist, daß er sein Gesicht vor uns verbergen will."

Von der Straße herauf drang das Klappern von Pferdehufen. Wir sahen zum Fenster hinunter. Holmes stieß mich leicht in die Seite.

„Was habe ich gesagt, Watson. Da unten hält eine feine Kutsche mit noch exquisiteren Pferden. Unser Besuch ist kein armer Mann."

Das war auch unschwer an dessen Kleidung zu erkennen, als der Mann bald darauf von Mrs. Hudson in Holmes' Wohnzimmer geführt wurde. Ein Engländer hätte diese Pracht zumindest als aufdringlich empfunden. Der Besucher trug Ärmelaufschläge aus schwerem Brokat und über dem Jackett einen dunkelblauen Umhang mit purpurrotem Seidenfutter. Seinen breitkrempigen Hut hatte er abgenommen, doch die Augen bis zur Nase bedeckte eine schwarze Maske.

Als er uns ansprach, erkannte ich einen starken österreichischen Akzent. „Ich habe mich durch einen Brief angekündigt", erklärte er lapidar. Dabei sah er vom einen zum anderen.

Holmes stellte uns vor und bot ihm einen Sessel an. Er fragte den Besucher taktvoll, wie er ihn ansprechen sollte, worauf dieser sich als „Graf Kramm" andeutungsweise verneigte. Dann versicherte er sich bei Holmes noch einmal, ob ich zuverlässig und diskret sei, ansonsten hätte er lieber mit Sherlock unter vier Augen gesprochen.

„Falls Sie darauf bestehen sollten, müßte ich den Auftrag ablehnen", erwiderte Holmes höflich, aber sehr bestimmt.

Der Mann mit der Maske nickte. „Das genügt mir völlig als Antwort. Ich muß Sie nur bitten, die nun folgende Angelegenheit mindestens für zwei Jahre geheim zu behandeln, da die Sache sehr delikat ist

121

und möglicherweise die ganze europäische Politik beeinflussen könnte."

„Das kann ich Ihnen zusagen, falls Sie mich nicht um illegale Hilfe bitten", erklärte ihm Holmes.

„Nein, nein", wehrte der Unbekannte nun ungeduldig ab. „Es geht um ein privates Ersuchen, allerdings von immenser internationaler Tragweite. Deshalb auch meine Maske."

„Ich hoffe, Eurer herzoglichen Durchlaucht behilflich sein zu können", warf Holmes leichthin ein.

Bei seinem Gegenüber folgte darauf eine heftige Reaktion, in einer Mischung aus Erstaunen, Bewunderung und Verzweiflung. Mit einem leisen Aufschrei riß er sich die Maske vom Gesicht und schleuderte sie von sich. Dann rief er aus: „Ich hätte es mir denken können, daß ein Mann von Ihrem Ruf sich nicht so plump täuschen läßt. Doch im Grunde bin ich froh darüber, gibt mir doch dieser Beweis Ihrer Fähigkeiten Hoffnung. Sie haben es richtig erkannt, ich bin der Herzog. Die Sache ist so pikant, daß ich selbst kommen mußte. Jeder Mitwisser, und wäre es einer meiner eigenen Agenten, würde die Gefahr, in der ich schwebe, nur noch vergrößern."

„Das klingt recht dramatisch", kommentierte Holmes ungerührt. „Wenn uns Ihre Durchlaucht jetzt erzählen wollen, was diese Gefahr heraufbeschworen hat."

„Das benötigt nicht viel Zeit", begann der Herzog. „Vor gut fünf Jahren lernte ich in Warschau Irene Adler kennen, eine Abenteurerin von beträchtlichem Bekanntheitsgrad. Leider, muß ich heute sagen. Leider ist sie auch eine unwiderstehliche Frau."

„Durchlaucht müssen nicht deutlicher werden, ich habe verstanden", gab sich Holmes galant, was ihm einen dankbaren Blick unseres Klienten eintrug. Holmes bat mich nun, in seinem Archiv nachzusehen, wo er eine Unmenge Dossiers über Leute angelegt hatte, die schon einmal irgendwo öffentliches Aufsehen erregt hatten.

Irene Adlers Biographie in unseren Akten erwies sich zwar nicht gerade als umfangreich, trotzdem brachten die wenigen Zeilen schon Erstaunliches über diese Frau zutage. Demnach war Irene Adler eine Zeitlang Koloratursängerin an allen berühmten Opernhäusern der Welt gewesen, unter anderem an der Mailänder Scala und der Königlichen Oper in Warschau, wo ihr unser Herzog dann auch begegnet war. Seit sie sich von der Bühne zurückgezogen hatte, lebte sie in London.

Unser Klient war so unvorsichtig gewesen, seinem

entflammten Herzen in zahlreichen Briefen an Irene Adler Luft zu machen, was sehr kompromittierend auf ihn zurückfallen konnte.

Holmes sah das allerdings anders, wie er dem Herzog auseinandersetzte: „Wenn das alles ist, würde ich mir an Eurer Stelle keine allzu großen Sorgen machen. Die Frau wird niemals beweisen können, daß Eure Handschrift nicht gefälscht, Euer Briefpapier nicht gestohlen ist. Eure Durchlaucht dürften da sicher glaubwürdiger sein als eine bekannte Abenteurerin."

„Leider gibt es noch ein größeres Problem als die Briefe. Ein Problem, das auf diese Weise nicht zu lösen ist", seufzte der Herzog verzweifelt. „Es existiert nämlich eine Fotografie, auf der wir beide abgebildet sind. Weiß Gott, wie leichtsinnig ich war, aber ich war damals eben jung und heißblütig. Heute, mit meinen dreißig Jahren, wäre ich klüger. Aber was nützt mir diese Einsicht? Ich habe alles versucht, das Bild zurückzubekommen, durch Kauf und auch durch weniger legale Mittel, die ich Ihnen hier nicht näher schildern möchte. Aber Sie können sich gewiß denken, daß ein Mann meiner Position auch über dunkle Kanäle etwas erreichen kann. Doch alles Bemühen war vergeblich. Diese Frau ist gerissener als jeder Mann."

„Wir werden sehen", sagte Holmes gelassen. „Wie aber kommen Eure Durchlaucht überhaupt darauf, daß Irene Adler diese Fotografie tatsächlich gegen Euch verwenden will?"

Der Herzog räusperte sich. „Meine Vermählung mit einer Tochter des schwedischen Königshauses ist beschlossene Sache."

„Oh." Holmes verstand sofort richtig. „Es gibt wohl kein sittenstrengeres Herrscherhaus in ganz Europa. Schon aufgrund dieses Fotos alleine würde die Heirat wohl sicher nicht stattfinden."

„Sie sagen es", seufzte der Herzog erneut. „Es gäbe einen Skandal von ungeahnten Ausmaßen. Und nun hat mir Irene angedroht, dieses Dokument unserer Beziehung am Tag meiner offiziellen Verlobung an die Familie meiner Braut zu schicken. Sie wird es ganz bestimmt auch tun. Denn sie will mich ja nicht nur erpressen, sondern schlichtweg ruinieren. Ihre Rache geht ihr über alles."

„Und wie lange haben wir noch Zeit, um der Rachegöttin entgegenzutreten?" fragte Holmes mit leisem Lächeln.

„Leider nur noch drei Tage, bis Montag", antwortete der Herzog.

„Das wird genügen", gähnte Holmes ungeniert. „Dann wäre nur noch die Frage des Honorars offen. Ich werde Ausgaben haben."

Der Herzog zog aus seinem Umhang einen Beutel hervor und legte ihn auf den Tisch. „Dreihundert Pfund in Gold und siebenhundert in anderer Währung. Was Geld betrifft, können Sie außerdem frei über mich verfügen. Ich bin im Hotel Langham unter dem Namen ‚Graf Kramm' abgestiegen."

Holmes ließ sich vom Herzog noch die Londoner Adresse von Irene Adler geben und verabschiedete ihn dann.

Ich verabredete mich mit Holmes für nächsten Nachmittag in der Baker Street. Bis dahin wollte er noch einige Ermittlungen anstellen. Er freute sich sichtlich auf den Zweikampf mit dieser außergewöhnlichen Erpresserin.

Am nächsten Morgen schon verließ gegen acht Uhr ein recht zerlumpter Kerl mit struppigem Haar und ungepflegtem Bartwuchs das Haus in der Baker

125

Street 221 B. Er schritt rasch zur Serpentine Avenue in Saint John's Wood, einem der feinsten Villenviertel Londons. Einer dieser zweistöckigen Prachtbauten mit einem gepflegten Garten war Briony Lodge.

Der abgerissene Bursche strich eine Weile um das Haus herum, wobei er sich bemühte, nicht verdächtig aufzufallen. Er registrierte ein Sicherheitsschloß an der Eingangstür, fast bis zum Boden reichende Fenster, die zum Wohnzimmer gehörten, und ein Korridorfenster, das man vom Dach der Remise hätte erreichen können. Dies alles prägte der Beobachter innerhalb weniger Minuten seinem Gedächtnis ein.

Schließlich verharrte er bei einem Pferdestall, der direkt an eine der Gartenmauern von Briony Lodge angrenzte. Ein Pferdeknecht versorgte gerade einige Tiere. Er hatte Mitleid mit dem Mann, der nun auf ihn zutrat, sich als arbeitsloser Stallbursche ausgab und für zwei Pennies seine Hilfe anbot. Ohne daß es dem Knecht bewußt wurde, lenkte der andere ihre Unterhaltung gezielt auf die Bewohnerin von Briony Lodge.

„Ein feines Haus", bemerkte der heruntergekommene Stallbursche mit einem neidischen Blick.

„Du solltest erst einmal die Dame sehen, die dort wohnt." Der Knecht bot ihm Tabak an und schnalzte bewundernd mit der Zunge. „Es gibt keinen einzigen Mann hier in der Gegend, dem bei ihrem Anblick nicht die Augen herausfallen."

Holmes, denn er war natürlich der Stallbursche, zündete sich eine Pfeife an und fragte beiläufig: „Du hast sie also auch schon zu Gesicht gekriegt?"

„Klar. Nach der kannst du die Uhr stellen. Jeden Nachmittag um fünf läßt sie zu einem Ausflug anspannen. Pünktlich um sieben kommt sie wieder zurück. Ansonsten geht sie allerdings kaum aus."

126

„Eine so schöne Frau, wie du sie beschrieben hast, und keinen Liebhaber?" wunderte sich der Stallbursche.

Der andere grinste. „Das habe ich nicht gesagt. Da ist schon einer. Ein gutaussehender dunkelhaariger Mann. Der besucht sie jeden Tag, manchmal sogar zweimal. Ein gewisser Mr. Norton, Rechtsanwalt, wie sich hier schnell herumgesprochen hat."

Mehr Wissenswertes gab der Knecht nicht her. Holmes striegelte noch einen Gaul, trank noch einen Schnaps mit seinem Arbeitgeber und lehnte einen zweiten mit dem Hinweis ab, er müsse nach Hause zu seiner kranken Mutter.

Statt aber in die Baker Street zurückzukehren, bezog er nun einen gut gedeckten Beobachtungsposten vor Briony Lodge. Es dauerte gar nicht lange, bis davor eine Droschke hielt und ein Mann, auf den die Beschreibung des Knechts paßte, heraus- und ins Haus hastete. Den letzten Zweifel, daß es sich um Norton handelte, beseitigte er selbst durch seine Art, das Dienstmädchen in der Tür zur Seite zu schieben. Das zeigte Holmes erstens, wie aufgeregt der Mann war, und zweitens, daß er hier schon fast Hausrecht genießen mußte.

Während der nächsten dreißig Minuten sah Holmes den Anwalt mehrmals hinter dem Wohnzimmerfenster auf und ab marschieren, wobei er heftig gestikulierte. Von Irene Adler war allerdings nichts zu sehen, doch galt Nortons Ansprache da drinnen zweifellos ihr.

Anschließend kam er förmlich aus der Tür geschossen, sprang in die Kutsche und rief dem Fahrer noch zu: „Schnell, zu Gross und Hankey, und dann wie der Teufel zu Sancta Monica. Ein fürstliches Trinkgeld, wenn du es in zwanzig Minuten schaffst."

Holmes überlegte noch fieberhaft, ob er Norton folgen sollte, als ein Landauer vor dem Haus hielt, die Hausherrin mit gerafftem Kleid herauseilte und den Kutscher ebenso laut wie aufgeregt zur Sancta-Monica-Kirche trieb.

Holmes fluchte leise vor sich hin, weil er zu Fuß war, als eine Droschke die Straße herunterholperte. Wie der Blitz sprang Holmes hinein, zeigte dem Kutscher eine Handvoll Guineas und hetzte ihn den beiden anderen hinterher. Mittlerweile war es fast Mittag geworden. Vor der Kirche standen die beiden anderen Wagen mit schweißnassen Pferden.

Eine kurze Überlegung, dann betrat auch Holmes die Kirche. Sie war menschenleer, bis auf drei Personen vor dem Altar: ein Priester und die beiden, die Holmes verfolgt hatte. Holmes tat so, als wollte er die Kirche besichtigen, und bekam dabei mit, wie der Pfarrer gerade protestierte: „Ohne die fehlende Geburtsurkunde kann ich Sie auf keinen Fall sofort trauen. Nicht ohne einen Zeugen."

Als Holmes sich noch damit beschäftigte, warum die beiden es mit ihrer Heirat wohl so brennend eilig haben mochten, geschah etwas gänzlich Unerwartetes. Norton, der sich nach den Worten des Priesters umdrehte und mit seinen Augen die Kirche absuchte, entdeckte den vermeintlichen Stallburschen und eilte sofort auf ihn zu.

„Ah, guter Mann, Sie schickt der Himmel", rief er aus. „Kommen Sie, kommen Sie. Wenige Minuten Ihrer Zeit, und Sie helfen meiner Verlobten und mir ins Glück." Er zerrte ihn ungeduldig am Ärmel, und Holmes stolperte an seiner Seite zum Altar. Kurz darauf war die Ehe mit Holmes als Trauzeuge geschlossen. Die dankbare Braut drückte ihm mit einem bezaubernden Lächeln eine Geldmünze in die

Hand. Dann verließ das Paar die Kirche. Vor dem Portal beobachtete Holmes erleichtert, wie sie in ihren Kutschen getrennte Wege fuhren, wobei Norton seiner Frau noch zurief: „Wie immer um fünf im Park, Liebste." Holmes hatte schon befürchtet, daß die beiden sofort zu einer Hochzeitsreise aufbrechen würden, was seine Pläne völlig umgeworfen hätte.

Dies alles erzählte er mir nach seiner Rückkehr in die Baker Street, wo ich bereits auf ihn wartete. Seinem Appetit nach zu schließen, mit dem er danach eine kalte Mahlzeit und Bier zu sich nahm, war er sehr siegessicher. Denn solange er bei einem Fall noch im dunkeln tappte, pflegte er wenig oder gar nichts zu essen.

Zwischendurch schoß er mir die Frage an den Kopf: „Wärest du bereit, schlimmstenfalls ins Gefängnis zu gehen, wenn du mir heute bei einer guten Sache hilfst?"

Ich schluckte zweimal, weil mich dieses Ansinnen reichlich unvorbereitet traf. Doch für meine Antwort mußte ich keinen Augenblick überlegen.

„Natürlich", bejahte ich fest. „Du bist mein Freund."

„Ich habe nichts anderes von dir erwartet, Watson." Holmes rieb sich die Hände. „Dann werde ich dir jetzt auseinandersetzen, was du zu tun hast. Hör zu . . ."

Zehn Minuten vor sieben Uhr abends erreichten wir in der Dämmerung Briony Lodge. Holmes hatte sich nun als Priester verkleidet. In seiner ganzen Haltung und Gestik wirkte er wie ein alter, naiver und braver Gottesmann. Ich hatte in meinen früheren Aufzeichnungen schon öfter erwähnt, welch großartiger Schauspieler an Holmes verlorengegangen war, und wurde darin wieder einmal bestätigt.

Die Gefahr, die das besagte Foto für den Herzog noch darstellte, sah Holmes aufgrund der Heirat von Norton und Irene Adler inzwischen als ziemlich gering an. Er ging davon aus, daß die Frau jetzt wenig Interesse daran haben dürfte, das Bild in Umlauf zu bringen. Mr. Norton würde nämlich davon ebensowenig begeistert sein wie die Braut des Herzogs. Doch selbstverständlich wollte Holmes seinen Auftrag zu Ende führen.

Die kleine Straße war recht belebt für diese Abendstunde. Ein Scherenschleifer, eine Gruppe abgerissen aussehender Männer, ein paar Soldaten, die mit Dienstmädchen anzubandeln versuchten, und einige recht gut gekleidete Kerle, die einfach nur herumstanden, gaben ein buntes Bild ab.

„Meine Heerscharen, Watson", flüsterte mir Holmes zu. „Die Aktion Bildbeschaffung ist angelaufen. Jeder ist an seinem Platz."

Ich wußte nicht recht, was ich von diesem Satz halten sollte, wollte mich aber nicht blamieren und nickte nur.

Pünktlich um sieben kam ein Wagen die Straße herunter und stoppte vor Briony Lodge. Gleichzeitig kam Bewegung in die ärmliche Gruppe. Sie drängelten sich darum, den Schlag aufzureißen, um ein Trinkgeld abzustauben. Dabei kam es im Nu zu einem Gerangel, in das sich sofort die Soldaten und die anderen Burschen einmischten, worauf in Minutenschnelle eine wüste Schlägerei entstand. Und mittendrin in der Keilerei stand Irene Adler, so eingekreist, daß es ihr unmöglich war, auch nur einen Schritt zu tun.

Dies war das Zeichen für den Auftritt des alten Priesters. Holmes warf sich zwischen die Streitenden, fiel aber gleich darauf wimmernd zu Boden. Über

131

sein Gesicht lief Blut, das natürlich nicht echt war. Angesichts des „Verletzten" gaben die Schläger Fersengeld. Einige der gut gekleideten Männer, die sich nicht an der Prügelei beteiligt hatten, bemühten sich nun um den armen Geistlichen, während Irene Adler unschlüssig danebenstand.

Einer von ihnen blickte zu ihr hoch und bat: „Er braucht einen Arzt. Können wir ihn bis zu dessen Eintreffen nicht zu Ihnen hineintragen?"

Die Frau zögerte kurz, nickte aber dann. Was sollte sie auch sonst tun? Holmes hatte alles zu gut inszeniert. Ich sah, wie er hinter Irene Adler ins Haus geschleppt wurde. Durch das Wohnzimmerfenster beobachtete ich, wie er auf die Couch gelegt wurde. Er griff sich an die Kehle, als würde er krampfhaft nach Luft schnappen. Ein Dienstmädchen lief herbei und öffnete weit das Fenster. Dies alles hatte Holmes vorausberechnet. Jetzt war ich dran.

Das, was ich nun tat, fiel mir nicht leicht, denn der bloße Anblick von Irene Adler hatte mich doch sehr für sie eingenommen. So mußte ich mich direkt überwinden, jetzt eine Rauchpatrone zur Hand zu nehmen und sie durch das Fenster zu schleudern, gerade in dem Augenblick, als Hausherrin und Dienstmädchen das Zimmer verlassen hatten. Dann rief ich laut: „Feuer, Feuer!" Das Zimmer war inzwischen von dichten Rauchschwaden durchzogen. Auch Holmes schrie um Hilfe. Draußen auf der Straße sammelte sich eine kleine Menschenmenge und stimmte in das Alarmgeschrei mit ein, was natürlich im Haus Verwirrung hervorrufen mußte. Die Rauchpatrone hatte Holmes blitzschnell gepackt und wieder aus dem Fenster geworfen. Ich sah noch, wie Irene Adler und das Dienstmädchen ins Zimmer stürzten und sich durch den Qualm kämpften. Nach Holmes' Anweisung machte ich mich nun davon und wartete am Ende der Straße auf ihn.

Kurz darauf kam er. „Ausgezeichnet gelaufen, Watson", meldete er hochzufrieden und wischte sich mit einem Taschentuch das vermeintliche Blut ab. „Das bewußte Foto liegt in einem Geheimfach in der Holzverkleidung der Bücherwand. Wie ich es vorausgesehen hatte, wollte die Frau zuerst dieses ebenso wertvolle wie leicht brennbare Corpus delicti in Sicherheit bringen, bevor wir alle merkten, daß es sich bei dem angeblichen Brand um falschen Alarm handelte. In diesem Augenblick traf auch der – natürlich falsche – Arzt ein und brachte mich nach draußen."

„Und wie willst du das Bild in deinen Besitz bringen?" fragte ich, weil mir dieser Punkt nicht klar war.

Holmes lächelte überlegen. „Kein Problem, denke ich. Die Frau wird morgen wie üblich ihren Ausflug machen, warum sollte sie auch nicht? Einige Minuten vor ihrer Rückkehr werden der Herzog und ich in ihrem Haus auftauchen, wo wir sicher ins Wohnzimmer geführt werden, um auf die Hausherrin zu warten. Sobald diese dann eintrifft, wird sie weder Besuch noch das Foto vorfinden. Und jetzt laß uns nach Hause fahren. Ich habe mächtigen Hunger."

In dieser Stimmung des bevorstehenden Erfolgs trafen wir in der Baker Street ein, als sich ein Vorfall ereignete, dem wir allerdings keine Bedeutung beimaßen, obwohl er doch recht merkwürdig war. Denn während Holmes die Haustür aufschloß, sagte eine Stimme hinter uns: „Guten Abend, Mr. Holmes."

Als wir beide darauf reagierten und uns umdrehten, waren nur einige Passanten auf der Straße im Zwielicht der Laternenbeleuchtung zu sehen, die in einer Gruppe rasch an uns vorbeigegangen waren.

Holmes schüttelte den Kopf und murmelte in sich

hinein: „Wer, zum Teufel, war das?" Auch ich war ratlos. Es war natürlich denkbar und auch wahrscheinlich, daß irgend jemand, den Holmes für die vorherige Inszenierung vor Briony Lodge engagiert hatte, sich einen kleinen Scherz erlaubt hatte. Oder einer von ihnen war einfach nur denselben Weg gegangen und hatte freundlich gegrüßt.

Holmes tauschte an diesem Abend noch Nachrichten mit dem Herzog aus und änderte seinen Plan auf dessen Drängen insofern, als er die letzte Aktion auf den frühen Morgen verlegte. Wir wollten nun bereits kurz vor acht Uhr bei Irene Adler auftauchen, eine Zeit, in der sie sicher noch keine Morgentoilette gemacht hatte, was Holmes auch Gelegenheit geben sollte, das Bild aus seinem Versteck zu holen.

So fuhren wir früh los nach Briony Lodge. Anscheinend hatte dem Herzog die Nachricht, daß seine ehemalige Geliebte inzwischen geheiratet hatte, doch ziemlich zu denken gegeben. Doch er fragte Holmes: „Denken Sie, daß sie diesen Rechtsanwalt wirklich liebt?"

„Das sollten Eure Durchlaucht hoffen", lautete Holmes' leicht erstaunte Antwort. „Denn nur so könnt Ihr sicher sein, daß sich die Dame in Zukunft nicht weiter mit dem Versuch beschäftigt, Eure Ehe zu hintertreiben."

Daraufhin schwieg der Herzog bis zu unserer Ankunft vor Briony Lodge. Und was uns dort erwartete, daran denke ich heute noch mit Vergnügen.

Die Tür stand weit offen, und eine ältere Frau begrüßte uns auf den Stufen bereits mit den Worten: „Ich habe Sie erwartet, Mr. Holmes. Leider können Sie meine Herrin nicht mehr antreffen. Sie ist mit ihrem Ehemann bereits abgereist. Sie hat jedoch im Wohnzimmer eine Nachricht für Sie hinterlassen."

Holmes' Gesichtsausdruck wird mir für immer unvergeßlich bleiben. Er wechselte von blasser Bestürzung zu hochrotem Ärger. Dann hetzte Holmes, gefolgt vom Herzog und mir, ins Wohnzimmer. Dort waren die Möbel mit weißen Laken zugedeckt, und auf dem Tisch lag unübersehbar ein brauner Umschlag, direkt an Mr. Sherlock Holmes adressiert. Mit fliegenden Fingern riß Holmes ihn auf und holte die Nachricht heraus, während der Herzog und ich ihm über die Schultern schauten.

Lieber Mr. Holmes!
Nachdem ich Ihnen gestern in der Verkleidung eines jungen Mannes schon eine gute Nacht vor Ihrer Haustüre gewünscht habe, wohin ich dem „alten Priester" gefolgt war, hier alles weitere schriftlich. Ihr Ruf als Detektiv hat es mir geraten erscheinen lassen, mit meinem Mann eilig abzureisen. Auf Ihr Auftauchen in diesem Fall war ich nicht gänzlich unvorbereitet. Von verschiedener Seite wurde ich darauf hingewiesen, daß der Herzog Sie zu Rate ziehen würde.

Trotzdem spielten Sie Ihre Priesterrolle so hervorragend, daß ich erst Verdacht schöpfte, als sich der Feueralarm als falsch erwies und mir bewußt wurde, daß ich das Versteck der Fotografie verraten hatte. Meine Hochachtung vor Ihrer Kombinationsgabe! Es tut mir leid, daß Sie nun weder mich noch das Bild vorfinden. Ich nehme an, daß sich der Herzog in Ihrer Begleitung befindet. Bestellen Sie ihm von mir die besten Grüße. Da ich selbst über alle Maßen verliebt bin, soll der Herzog mit seiner Prinzessin glücklich werden. Trotzdem werde ich das Foto behalten, nur um sicherzugehen, daß er nicht auf den Gedanken kommt, nun seinerseits gegen mich irgendwelche Maßnahmen zu ergreifen. Es grüßt Sie Irene Norton.

Während Holmes wortlos und sichtlich betroffen den Brief zusammenfaltete, reagierte der Herzog unerwartet mit dem bewundernden Ausruf: „Eine unglaubliche Frau, wie ich Ihnen schon sagte. Welch eine Regentin wäre sie an meiner Seite gewesen, hätte nicht ihr niederer Stand eine Heirat verboten."

Holmes fand nur schwer Worte und brachte nach einer Weile zerknirscht heraus: „Nach diesem Ausgang erübrigt sich selbstverständlich ein Honorar für meine Dienste. Ich werde Euch den Vorschuß umgehend zurückzahlen."

„Aber nicht doch", wehrte der Herzog ab. „Sie haben sich Ihr Honorar mehr als verdient, Mr. Holmes. Hier, nehmen Sie als zusätzlichen Dank diesen Ring." Er zog einen Amethyst-Reif von einem seiner Finger und drückte ihn Holmes einfach in die Hand. „Sie müssen wissen", fuhr er fort, „daß mir Irenes Wort vollauf genügt. Damit ist es so sicher aufgehoben, als läge es in meinem Safe."

So endete dieser Fall, in dem Holmes erstmals gegen eine Frau den kürzeren gezogen hatte. Seitdem stand auf dem Kamin in der Baker Street eine Fotografie von Irene Norton in Abendrobe. Ihren Namen habe ich Holmes nie wieder erwähnen hören. Aber wenn er Irene Norton, geborene Adler, meinte, war sie für ihn schlicht „Die Frau".

Sherlock Holmes' Untergang

Nie werde ich den Abend des 24. April 1891 vergessen können, so gern ich ihn auch aus meinem Gedächtnis streichen würde. Seit längerem hatte ich nichts von Sherlock Holmes gehört. Meine Arbeit in der Praxis nahm mich damals stark in Anspruch. Und die wenige freie Zeit, die mir blieb, verbrachte ich am liebsten mit meiner Frau Mary. Trotzdem fehlten mir die ausführlichen Gespräche mit meinem Freund und unsere gemeinsamen Kriminalfälle. Der letzte Fall, bei dem ich ihn begleitet hatte, lag vier Monate zurück.

An jenem Abend erschien nun Holmes überraschend bei mir. Mary war gerade für einige Wochen zu einer Verwandten verreist. Um so mehr freute ich mich über seinen Besuch. Doch ich erschrak zutiefst über sein Äußeres.

Holmes war zwar, seit ich ihn kannte, stets hager gewesen, dabei jedoch sehnig und kraftvoll. Wenn er allerdings an der Lösung eines Problems arbeitete und an einer Stelle angelangt war, an der er nicht weiterkam, lebte er völlig asketisch. In solchen Phasen wurde er mager und hohlwangig. Daran war ich gewöhnt und akzeptierte es auch als Arzt, weil sich sein Körper jedesmal sehr schnell erholte.

Diesmal war sein Zustand jedoch schreckerregend. Die Augen lagen tief in ihren Höhlen und wirkten wie im Fieber, die Backenknochen schimmerten durch die bleiche Haut, und er war völlig abgemagert. Kein Vergleich zu dem Zustand, in dem er sich befand, bevor wir den Fall mit den „Zeichen der Vier" lösten.

Mir war bald klar, daß seine miserable Verfassung natürlich wieder mit einem Fall zu tun hatte, diesmal aber auch noch mit etwas anderem, das ich von ihm nicht kannte: Angst!

„Ja, ich habe Angst, Watson", bestätigte er mir meine Frage, „und ich wäre ein Dummkopf, hätte ich sie nicht. Ich muß dich deshalb auch bitten, alle Fenster hier im Raum zu schließen und die Läden zu verriegeln. Und bitte stell den Tisch in eine Ecke und lösch alle Lichter bis auf eines."

Erstaunt, aber ohne Widerworte folgte ich seinen Anweisungen.

Als wir uns dann im flackernden Schein einer spärlichen Lampe zusammensetzten, erschien sein Gesicht noch gespenstischer. Holmes zündete sich eine Zigarre an, und ich bemerkte, daß seine Fingerknöchel blutig waren.

Er lächelte. „Ja, Watson, wie du siehst, leide ich nicht unter Verfolgungswahn. Meine Hände habe ich mir am Kinn eines vierschrötigen Ganoven aufgeschlagen. Er wollte mir mit einem Knüppel den Schädel zertrümmern. Vorher wäre mir beinahe von einem Hausdach ein Ziegelstein auf den Kopf gefallen. Später konnte ich nur durch einen schnellen Sprung verhindern, daß mich eine Kutsche überrollte."

„Meine Güte. Wem bist du denn so in die Quere gekommen, daß er dir ans Leben will?" fragte ich entsetzt.

„Du hast doch von Professor Moriarty gehört", antwortete Holmes. In seine Augen trat ein erregtes Leuchten. Er beugte sich vor, sein Gesicht war nun dicht vor meinem. Er sprach leise, was seinen Worten nur noch mehr Gewicht gab. Etwas Drohendes lag im Raum.

„Professor Moriarty ist ein Genie, Watson. Ein

Übergeist des Verbrechens. Fast die gesamte Unterwelt Londons steht in seinen Diensten. Und sein Arm reicht weit darüber hinaus. Mord, Erpressung, Geldfälscherei, das ist sein Geschäft. Er nimmt die Bestellungen auf, und seine Organisation erledigt die Aufträge mit geradezu unheimlicher Präzision."

„Und er ist nie erwischt worden", wußte ich zu ergänzen.

„Watson", fuhr Holmes unwirsch fort, „schon seit Jahren hatte ich den Verdacht, daß viele Verbrechen, die ich aufklärte, einen gemeinsamen Drahtzieher hatten. Jetzt habe ich Beweise in der Hand. Und in drei Tagen wird Moriarty mit seiner ganzen Bande ins Netz gehen. Ich habe Scotland Yard genügend Material geliefert."

„Und jetzt will er dich umbringen. Dann muß er die Gefahr gewittert haben", folgerte ich.

„Das ist das Problem", gab Holmes ernst zu. „Er weiß, was auf ihn zukommt, Watson. Monatelang habe ich ermittelt. Aber einem Mann wie Moriarty konnte das natürlich nicht verborgen bleiben. Es war wie bei einem Schachspiel, Zug und Gegenzug. Jetzt steht er vor dem Matt, Watson! Aber ihm bleiben noch ein, zwei Züge. Wenn er mich – den Hauptzeugen – ausschaltet, wird er das Spiel wohl noch gewinnen. Seine Organisation wird auf jeden Fall zerschlagen, aber er wird sich wohl noch retten können."

„Warum flüchtet er nicht einfach?" überlegte ich.

Holmes seufzte. „Du kennst ihn eben nicht. Wie solltest du auch. Moriarty würde nie aufgeben. Und wenn er untergeht, dann wird er alles daransetzen, seinen Gegner mitzunehmen." Holmes schwieg einen Moment. Dann fuhr er fort: „Du solltest jetzt wissen, Watson, daß ich heute Besuch von ihm hatte."

„Großer Gott", entfuhr es mir. „Dieser Moriarty muß tatsächlich eiskalt sein. Bitte erzähl."

„Eiskalt und so skrupellos, daß es schon wieder faszinierend ist", nickte Holmes. „Ein Mensch ohne Gewissen, mit reiner krimineller Energie."

Holmes beschrieb mir den König des Verbrechens als hageren, drahtigen Mann mit hoher Stirn und tiefliegenden Augen in einem glattrasierten Gesicht, dessen Bewegungen etwas Schlangenhaftes hätten. Als er frühmorgens in der Baker Street erschienen war, hatte Holmes noch im Schlafanzug gesteckt. Zum erstenmal waren sich die beiden Kontrahenten gegenübergestanden.

Hinter Moriartys Lächeln hatte Holmes die Kälte dieses Mannes gespürt.

Moriarty hatte auf Holmes' rechte Manteltasche gedeutet und sanft gefragt: „Ist es nicht reichlich gefährlich, mit einer geladenen Pistole zu spielen, Mr. Holmes? Wie leicht könnte man sich selbst dabei verletzen."

„Oh, ich kann ganz gut damit umgehen", hatte Holmes kühl erwidert. „Das ist Ihnen sicher auch schon zu Ohren gekommen."

Moriarty hatte genickt und ihn nachdenklich gemustert. „Sie haben mich schon des öfteren gestört. Aber in letzter Zeit nahm das Ausmaße an, die ich nicht mehr als vergnügliches Spiel ansehen kann. Es tut mir leid, Mr. Holmes, doch Sie werden sterben, wenn Sie keine Ruhe geben." Moriarty hatte es in einem ruhigen Ton, wie beiläufig, gesagt, mit einem leichten Lächeln auf den Lippen.

Holmes war der Ernst der Drohung bewußt gewesen, doch er war ebenso ruhig geblieben wie sein Gegenüber. „Meinen Tod habe ich natürlich in Betracht gezogen. Aber ich denke, er ist kein zu hoher

Preis, wenn ich die Welt dadurch von der Pest befreien kann."

Ein kurzes haßerfülltes Flackern war in Moriartys Augen getreten. Ansonsten hatte er sich völlig in der Gewalt gehabt. „Ich bin informiert. In drei Tagen soll meiner Organisation der Todesstoß versetzt werden. Und mir auch. Doch bis dahin können Sie nichts weiter mehr unternehmen, Mr. Holmes. Aber ich kann in dieser Zeit sehr viel tun. Die Tage werden zu einer Ewigkeit für Sie. Das verspreche ich Ihnen. Was ist das für ein Gefühl, Mr. Holmes, zu wissen, daß man die nächsten 72 Stunden nicht überlebt? Die Antwort darauf interessiert mich. Ich war leider noch nie in einer solchen Situation."

„Es wundert mich, daß Sie das denken." Holmes hatte zu lächeln versucht. „Sollten Sie Ihre eigene Lage tatsächlich so falsch beurteilen? Dann hätte ich Ihre Intelligenz doch sehr überschätzt."

„Sie waren ein guter Gegenspieler, aber eben nicht gut genug", hatte Moriarty darauf geantwortet und war gegangen.

„Ja, das war es dann, Watson", beendete Holmes seinen Bericht. „Jetzt wollte ich dich bitten, mit mir einige Tage auf dem Kontinent Urlaub zu machen. Ich bin zwar bereit, für diese Sache zu sterben. Aber wenn ich es verhindern könnte, hätte ich auch nichts dagegen." Er verzog sein Gesicht zu einem krankhaften Lächeln.

Mir lief ein eiskalter Schauer über den Rücken. Ich hatte ein Gefühl in mir, als wäre der Tod meines Freundes unausweichlich. Ich versuchte, mein Erschrecken zu verbergen und möglichst locker zu sein. „Gern, Holmes. Ein paar Tage eine andere Luft zu schnuppern ist ganz nach meinem Geschmack."

Einen Moment lang blickte er mir forschend, dann

fast amüsiert in die Augen. Er hatte meine Gedanken durchschaut. Wir kannten uns zu gut, um einander noch etwas vormachen zu können.

Wir besprachen kurz die Abreise, die wir auf den nächsten Morgen festsetzten. Dann verabschiedete sich Holmes und verschwand leise und schnell durch den Garten.

Ich schlief schlecht in dieser Nacht, Alpträume quälten mich, und am nächsten Morgen fühlte ich mich wie erschlagen. Ich machte mich auf den Weg zum Victoria-Bahnhof. Um Spuren zu verwischen, wechselte ich dreimal die Droschke, während ich das Gepäck durch einen vertrauenswürdigen Boten besorgen ließ. Die letzte Droschke direkt zum Bahnhof lenkte Mycroft, der Bruder von Holmes.

Am Ziel angekommen, stieg ich völlig außer Atem in das Abteil, das Holmes mir genannt hatte. Aber wo war er selbst? Mir gegenüber wollte gerade ein altersschwacher Priester Platz nehmen, der italienisch auf den Schaffner einredete, während ich ihn zu bewegen versuchte, doch bitte in ein anderes Abteil zu gehen. Der Schaffner zuckte nur mit den Schultern und verließ uns. Mit meinen Nerven am Ende, sank ich auf meinen Sitz.

„Einen schönen guten Morgen, Watson", riß mich eine vertraute Stimme aus meinen düsteren Gedanken. Als ich aufblickte, verwandelte sich der greise Priester mit ein paar Handgriffen in Sherlock Holmes. Ich hatte ihn auch diesmal in seiner Verkleidung wieder nicht erkannt.

Zeit, Erleichterung zu verspüren, blieb mir kaum. Während der Zug jetzt langsam in Fahrt kam, deutete Holmes zum Fenster.

„Schau mal an, Watson. Da haben wir es trotz aller Kniffe nur knapp geschafft."

Ich sah einen wütend gestikulierenden Mann auf dem Bahnsteig, der nach Holmes' Beschreibung nur Moriarty sein konnte. Aber er hatte Gott sei Dank keine Chance mehr, unseren Zug zu besteigen. Schon bald befanden wir uns auf freier Strecke.

„Wie hat er nur unsere Spur gefunden?" fragte ich entsetzt. „Das ist ja geradezu unheimlich."

Holmes lachte. „Lieber Watson, gewöhn dich doch einfach an die Tatsache, daß mein Gegner mir geistig absolut gewachsen ist. Daran ist nichts Unheimliches."

„Für mich schon." Ich fröstelte. „Aber jetzt sind wir ihn doch wohl los, oder?"

Holmes schüttelte den Kopf. „Ach was. Moriarty wird das tun, was ich auch tun würde. Er wird sich einen Sonderzug mieten und uns hinterherfahren. Da unser Zug in Canterbury Aufenthalt hat, wird er uns in Newhaven einholen. Er weiß ja, daß wir auf das Schiff müssen."

„Du redest so, als wäre das Ganze ein amüsantes Spiel. Dieser Moriarty will dich umbringen, wie du selbst sagst", rief ich erregt.

„O Watson", stöhnte Holmes. „Ich habe nur gesagt, wie Moriarty wahrscheinlich handeln wird. Ich habe nicht gesagt, daß wir ihm einfach in die Arme laufen werden."

„Dann entschuldige", brummte ich. „Es hat sich eben so angehört. Was willst du also tun?"

„Wir werden in Canterbury aussteigen, uns über Land durchschlagen und ein anderes Schiff nehmen. Unser Gepäck wird ohne uns direkt auf den Weg nach Paris gehen. Das wird Moriarty ein wenig beschäftigen. Ich hoffe jedenfalls, daß er nicht voraussieht, daß ich voraussehe, was er tut, und sich entsprechend darauf einstellt."

143

„Diese Gedankenkette wäre endlos fortzusetzen." Ich mußte lächeln. „Immerhin ist mir jetzt etwas wohler."

In Canterbury mußten wir eine Stunde auf einen Anschlußzug nach Newhaven warten, von wo aus wir auf den Kontinent wollten, allerdings nicht nach Paris, sondern erst einmal nach Belgien, Luxemburg, später in die Schweiz. Unserem Gepäck, das wir nicht mehr wiedersehen würden, hatte ich etwas wehmütig nachgeblickt, weil ich an Teilen meiner Garderobe hing. Aber wenn unsere Koffer samt Inhalt diesen Moriarty in die Irre führten, opferte ich sie gerne.

Plötzlich packte mich Holmes am Ärmel und zog mich hinter einen Stapel von Gepäckstücken. Nach dem Grund mußte ich ihn nicht mehr fragen: Eine Lok mit einem Waggon kam in voller Fahrt angedampft – Moriartys Sonderzug, wie Holmes richtig vermutet hatte. Er ratterte an uns vorbei und verschwand schnell in der Ferne.

Holmes klopfte mir ausgelassen auf die Schultern. „Also los, Watson. Nützen wir unseren Vorteil. Im Moment haben wir ihn abgehängt. Eine Weile wird er an dieser Nuß zu knacken haben. Für uns beginnt jetzt der Urlaub, Watson. Genießen wir ihn."

Wir besorgten uns neues Gepäck und reisten nach Brüssel weiter, wo wir am dritten Tag ankamen. Holmes gab ein Telegramm nach London auf und er-

hielt am Abend eine deprimierende Antwort: Moriartys Bande saß zwar hinter Schloß und Riegel, aber er selbst war entwischt. Weder die nationale noch die internationale Polizei hatte eine Spur von ihm.

Holmes runzelte sorgenvoll die Stirn. Aber seine Bedenken galten in erster Linie mir, wie er gleich erklärte: „Du solltest nach London zurückfahren, Watson. Meine Begleitung ist für dich jetzt lebensgefährlich."

Ich lehnte entrüstet ab. „Ich denke nicht daran, dich allein zu lassen. Außerdem verstehe ich auch nicht, wieso das notwendig sein sollte."

Mein Freund machte mir das sehr schnell und erschreckend deutlich klar: „Weil er jetzt nur noch eines im Sinn haben wird. Meinen Tod, Watson. Seine Organisation ist zerschlagen. Wenn er nach England zurückkehrt, wartet der Henker auf ihn. Er hat nichts mehr zu verlieren. Er kann sich nun ganz auf seine Rache konzentrieren. Willst du immer noch bei mir bleiben, Watson?"

„Jetzt erst recht", sagte ich trotzig.

„Ich habe nichts anderes erwartet." Holmes lächelte zufrieden.

Wir verbrachten sehr schöne Tage im Elsaß und erreichten schließlich am 3. Mai Meiringen, ein beschauliches Bergdorf in der Schweiz. Dort quartierten wir uns in einer Pension ein, deren Wirt ausgezeichnet Englisch sprach, weil er jahrelang in einem Londoner Hotel als Kellner gearbeitet hatte. Er hieß Peter und war uns durch seine unaufdringliche Freundlichkeit sofort sympathisch.

Von unserer Pension aus hatten wir einen wunderbaren Ausblick. Ganz oben auf den Bergen lag noch blütenweißer Schnee, darunter machte sich bereits das zarte Grün des Frühlings breit. Über allem wölbte sich ein tiefblauer Himmel. Hier konnte ich die Gefahr, die uns drohte, vergessen und den Gedanken an Moriarty beiseite schieben. Ich ahnte nicht, wie nahe er uns schon war.

Der Wirt gab uns den Tip, zur Rosenalm aufzusteigen und dort die Nacht zu verbringen. Und auf dem Weg dorthin sollten wir uns auf keinen Fall die Reichenbachfälle entgehen lassen.

„Erstklassiger Vorschlag", stimmte Holmes fröhlich zu. „Dann laß uns am Nachmittag über die Berge wandern, Watson."

Schon seit Brüssel erlebte ich Holmes voller Tatendrang. Auch sah er mittlerweile wieder gesund und kräftig aus, was weitgehend seinem guten Appetit in letzter Zeit zu verdanken war. Wieder war es verblüffend, wie schnell sich Holmes körperlich erholt hatte. Was für eine unglaubliche Lebenskraft besaß dieser Mann! Die Vorstellung, daß ihm jemand etwas anhaben könnte, lag für mich während der Tage in Meiringen fern.

Als wir uns auf den Weg zur Rosenalm machten, schien Holmes glänzender Stimmung zu sein. Auch ich war gelöst und voller Vorfreude und genoß den Aufenthalt in dieser herrlichen Bergwelt.

Schließlich erreichten wir die Reichenbachfälle.

Für einen Augenblick wurde mir schwindlig; so schlagartig glaubte ich hier die Aura des Bösen zu spüren. Solch einen Ort hatte ich inmitten dieser friedlichen Idylle nicht erwartet. Angeschwollen vom Schmelzwasser, donnerte der Fall in die steile Felsenschlucht hinunter und brüllte beim Aufprall unheimlich tosend auf. Die Gischt schäumte drohend.

Ich drängte Holmes gerade, diesen schrecklichen Ort so schnell wie möglich zu verlassen, als ein junger

Kerl auf uns zugelaufen kam. Er übergab mir einen Brief von unserem Wirt, mit folgender Botschaft:

Lieber Dr. Watson!
Ich muß Sie bitten, sofort zur Pension zu kommen. Eine englische Dame, die im letzten Stadium der Schwindsucht ist, erlitt hier eben einen Blutsturz. Sie hat von Ihnen gehört und weigert sich, einen anderen Arzt als einen englischen zu sich zu lassen.

Holmes mußte mir angesehen haben, daß ich mit mir kämpfte. Einerseits wollte ich ihn nicht alleine lassen, andererseits konnte ich als Arzt diesen Hilferuf kaum außer acht lassen.

Holmes nahm mir die Entscheidung energisch ab. „Natürlich gehst du sofort hinunter, Watson. Vielleicht kannst du später noch zur Alm nachkommen."

Also verließ ich ihn, um zu unserer Pension zurückzukehren. Ich sah Holmes, mit dem Rücken an einen Felsen gelehnt, als ich mich noch einmal umdrehte. Der Bote war wieder gegangen. Wie mein Freund jetzt so alleine dastand, machte er den Eindruck, als wartete er auf jemand. Aber richtig bewußt wurde mir das erst später in der Erinnerung an all die Ereignisse.

Ich brauchte eine gute Stunde für den Abstieg. Als ich endlich bei unserem Quartier ankam, fragte ich den Wirt gleich nach der todkranken Engländerin.

Verständnislos schaute er mich an. „Bitte? Aber ich weiß nichts davon, Dr. Watson. Das muß ein Irrtum sein."

Hastig kramte ich die Nachricht aus der Tasche und hielt sie ihm vors Gesicht. „Haben Sie diese Botschaft nicht geschrieben? Um Himmels willen, antworten Sie doch", fuhr ich ihn an, als ich seine

verdutzte Miene sah. Ich ahnte, ja fürchtete die Antwort.

„Aber nein", versicherte er verstört. „Das Papier stammt zwar aus dem Hotel, aber . . ." Er zögerte. „Da fällt mir ein, daß ein großer, schlanker Engländer nach Ihnen und Mr. Holmes gefragt hat. Das war kurz nachdem Sie beide losgegangen waren. Stimmt etwas nicht?"

Bei seinen letzten Worten hatte ich bereits kehrtgemacht. Ich rannte keuchend zu den Reichenbachfällen hoch, so schnell ich konnte. Diese verdammte Kriegsverletzung an meinem Bein, sie ließ mich mehr vorwärts stolpern als laufen, wo ich doch Flügel gebraucht hätte. Der Name Moriarty pochte mit jedem Pulsschlag in meinem Gehirn. Ich brauchte fast zwei Stunden für den Aufstieg, obwohl ich mich bis zur Erschöpfung verausgabte.

Schon von weitem hörte ich das donnernde Tosen des Wasserfalls.

Endlich erreichte ich die Schlucht. Aber von Holmes sah ich keine Spur. Ich rief, nein, schrie nach ihm. Sein Name hallte als Echo in den Bergen wider. Die schnell einbrechende Dunkelheit verstärkte noch das Grauen in mir, das ich an diesem Ort empfand. Ich trat ganz nahe an den Abgrund. Der Boden war feucht und weich von der ständigen Gischt. Automatisch handelte ich, wie Holmes es getan hätte. Ich untersuchte den Boden nach Spuren. Dort, wo Erde zwischen dem steinigen Untergrund war, konnte ich deutlich Fußabdrücke ausmachen. Sie hatten den Boden aufgewühlt. Dann bemerkte ich die geknickten und zerfetzten Zweige des Buschwerks, das den Abgrund säumte. Ohne Zweifel hatte hier ein Kampf stattgefunden. Ein Kampf auf Leben und Tod, schoß es mir durch den Kopf. Hatte Holmes ihn überstan-

den? Alles in mir weigerte sich, an das Gegenteil zu denken.

Und dann fand ich ganz in der Nähe, an einen Felsen gelehnt, Holmes' Bergstock. Und auf dem Stein lag sein silbernes Zigarettenetui. Mit zitternden Fingern öffnete ich es, mehrere beschriebene Blätter aus seinem Notizbuch waren darin. Schnell überflog ich die Zeilen. Dann aber mußte ich mich an den Felsen lehnen. Die Botschaft meines Freundes ließ meine furchtbaren Ahnungen zur Gewißheit werden. Ich kann meine Gefühle in diesem Augenblick beim besten Willen nicht beschreiben. Aber ich gebe hier den vollen Wortlaut der Nachricht wieder:

Mein lieber Watson!
Während ich diese Zeilen schreibe, steht Moriarty vor mir. Der Moment der letzten und endgültigen Abrechnung ist gekommen. Ich wußte es, als du dich auf den Weg zur Pension machtest. Es war eindeutig, daß jene Nachricht eine Finte war. Du wirst sicher verstehen, daß ich dich aus dem, was jetzt gleich geschehen wird, heraushalten wollte. Denke daran, Watson, daß man in England freier atmen kann, seit Moriartys Organisation

zerschlagen ist. Dafür darf mir kein Preis zu hoch sein. Ich bin außerordentlich zufrieden, muß ich sagen. Ich trete auf dem Höhepunkt meiner Laufbahn ab. Mehr kann ich nicht vom Schicksal erwarten. Also, gräm dich nicht. – Ich muß jetzt Schluß machen. Die Pistole in der Hand unseres verehrten Professors zittert schon. Er ist jedoch so feinfühlig, mir nicht beim Schreiben über die Schulter zu schauen. Deshalb, lieber Watson, will ich dich hier noch schnell damit trösten, daß ich vorhabe, diesen Unmenschen mit mir zu reißen. In seinem Rachedurst war er so unvorsichtig, die Waffe, nur ein paar Schritte von diesem ewigen Abgrund entfernt, auf mich zu richten. Er wird nicht zurückkommen. Sei dir sicher. Ich grüße dich in herzlicher Freundschaft Dein Sherlock Holmes

Alles in mir sträubt sich, diesen Bericht über das Ende meines Freundes, das an jenem 24. April 1891 seinen Anfang nahm, jedenfalls soweit ich es miterlebte, noch weiter auszubreiten. Was danach kam, ist in meinen Augen nicht mehr wichtig.

Die Leichen der beiden zu finden war von vornherein aussichtslos. – Der Henker Ihrer Majestät der Königin sorgte dafür, daß keiner aus Moriartys Verbrecherbande Holmes lange überlebte. – Der einzige Trost für mich bleibt, daß es meinem Freund, diesem größten Detektiv unserer Zeit, vorbehalten war, den in seinen Augen genialsten Verbrecher unserer Zeit auszuschalten. Ein letztes Mal hat Sherlock Holmes damit Scotland Yard beschämt, auch wenn das nie seine Absicht war: Daß der gesamte Polizeiapparat nicht fähig war, Moriarty ausfindig zu machen, hat Holmes das Leben gekostet.

Ich verneige mich hier zum Abschied vor Sherlock Holmes.

Das leere Haus

Die Adresse Park Lane 427 war eine der feinsten Adressen Londons. Hier wohnte Mrs. Adair mit ihrem Sohn Ronald und der Tochter Hilda. Sir Robert Adair, ihr jüngster Sohn, war Gouverneur in Australien. Die Familie gehörte nicht nur zu den oberen Zehntausend, sondern hatte, ganz im Gegensatz zu andern Mitgliedern der besten Gesellschaft, noch nie für Skandale gesorgt.

Doch am 30. März 1894 rückten die Adairs auf grausame Weise plötzlich in den Blickpunkt der öffentlichen Sensationslust: Ronald Adair war ermordet aufgefunden worden.

An einem der folgenden Abende stand auch ich inmitten der Schar von Neugierigen, die sich am Schauplatz eingefunden hatten. Das Haus war nur durch eine niedrige Mauer und einen schmalen Vorgartenstreifen von der belebten Straße getrennt, auf der sich auch noch ein Droschkenplatz befand. Trotzdem hatte niemand den Schuß gehört, der Ronald Adairs Leben vor einigen Tagen zwischen zehn und elf Uhr nachts ausgelöscht hatte. Mutter und Schwester hatten ihn tot in seinem Zimmer gefunden. Vorher hatten die beiden die Zimmertür aufbrechen lassen, denn sie war von innen verschlossen gewesen. Selbstmord schied aus, da Scotland Yard keine Waffe am Tatort gefunden hatte. Kurz vor seinem Tod war Ronald Adair offensichtlich damit beschäftigt gewesen, eine Liste über Spielgewinne und -verluste aufzustellen, die er bei regelmäßigen Kartenabenden in verschiedenen Clubs gemacht hatte.

Völlig im dunkeln lag, wie Ronalds Mörder ins Haus gekommen war. Noch viel rätselhafter war, auf welche Weise er es wieder verlassen hatte. Unter dem Fenster, in einem Blumenbeet, gab es keinerlei Spuren. Außerdem lag es über sechs Meter hoch, und weder eine Dachrinne noch sonst irgend etwas bot eine Chance, von außen hoch- oder herunterzuklettern.

Zu ebendiesem Fenster starrten mit mir jetzt an die hundert Menschen hoch, tuschelten, gestikulierten, riefen laut durcheinander, und manche von ihnen schienen sich geradezu zu amüsieren. Es fehlten nur noch die Würstchenverkäufer. London hatte sein Spektakel.

Mich hatte nicht die Sensationslust hierhergetrieben. Seit dem Tod von Holmes, vor nun fast exakt drei Jahren, hatte ich mich schon häufiger bei Kriminalfällen an der Kunst der Kombination versucht, wie sie Holmes so perfekt beherrscht hatte. Nicht, daß ich etwa richtig ermittelte, aber ich pflegte mich mit rätselhaften Verbrechen quasi als Denksportaufgabe zu beschäftigen. Meist allerdings mit ebenso mäßigem Erfolg wie Scotland Yard. In den vergangenen drei Jahren hatten die Beamten bereits einige Fälle als ungelöst zu den Akten legen müssen. Und dieser schien auch einer davon zu werden, denn was man wußte, war äußerst mysteriös. Nähere Einzelheiten konnte ich von einem Beamten erfahren, der in meiner Nähe stand und lautstark seine Theorien zum besten gab.

Im Zimmer des Toten hatte man besagte Gewinn- und Verlustliste gefunden und einen kleineren Geldbetrag, den Adair von einem Kartenabend mit Mr. Murray, Sir John Hardy und Oberst Moran kurz vor zehn Uhr mit nach Hause gebracht hatte. Ein paar Pfund hatte er verloren, mehr waren es nie. Meistens hatte Ronald Adair gewonnen, vor ein paar Wochen zusammen mit Oberst Moran sogar über vierhundert Pfund. Dabei war Adair alles andere als ein krankhafter Spieler, obwohl er es sich leicht hätte leisten können, einige tausend Pfund zu verlieren.

Und trotz dieser Fakten verkündete der Beamte vor allen Leuten doch tatsächlich, alles deute auf Selbstmord hin. Seine Angehörigen hätten wahrscheinlich die Tatwaffe verschwinden lassen, um die Schande zu vertuschen. Jedenfalls würde Scotland Yard stark in diese Richtung ermitteln.

Mir wurde das Gerede zu dumm, und ich wandte mich zum Gehen. Dabei stieß ich mit einem alten, von der Gicht gekrümmten Mann zusammen. Einige Bücher, die er unter den Arm geklemmt hatte, fielen zu Boden. Ich sammelte sie wieder auf und gab sie ihm mit einer Entschuldigung zurück. Er brummte irgend etwas ärgerlich in seinen Bart und kehrte mir schroff den Rücken.

Ich ging langsam nach Hause. Flora, mein Hausmädchen, nahm mir im Flur den Mantel ab. Ich setzte mich ins Wohnzimmer und nahm ein Buch zur Hand, konnte mich aber überhaupt nicht richtig konzentrieren. Das passierte mir oft in letzter Zeit. Seit Mary, meine Frau, gestorben war, fühlte ich gerade an den Abenden die Leere, die ihr Tod bei mir hinterlassen hatte, besonders schmerzhaft.

An diesem Abend meldete mir jedoch Flora nach einer halben Stunde einen Besucher an. Erstaunt sah ich den alten Mann eintreten, den ich vorhin angerempelt hatte.

„Verzeihen Sie die Störung", erklärte er. „Ich suche Sie nur auf, weil ich mich heute Ihnen gegenüber so unfreundlich benommen habe. Da dachte ich mir, es wäre angebracht, mich dafür zu entschuldigen."

„Das ist wirklich nicht nötig", meinte ich ehrlich.

„Ich hatte längst nicht mehr daran gedacht. Außerdem war es mein Fehler."

Er nickte. „Da haben Sie auch wieder recht. Taugen die Bücher da hinter Ihnen was? Ich habe nicht den Eindruck."

Diese übergangslose Unverschämtheit machte mich einen Augenblick sprachlos. Dabei sah ich automatisch nach meiner Bücherwand. Als ich mich wieder umdrehte, um dem Kerl gehörig die Meinung zu sagen, war der Alte verschwunden. Dafür stand ich jemand anderem gegenüber.

„Holmes!" schrie ich auf. Dann fiel ich zum erstenmal in meinem Leben in Ohnmacht.

Als ich wieder zu mir kam und den scharfen Brandy schmeckte, den Holmes mir einflößte, war meine erste Bewegung ein Griff nach seinem Arm. Ich mußte mich einfach vergewissern, daß ich kein Gespenst vor mir hatte. Die harten Muskeln unter dem Anzugstoff waren echt.

„Ich hätte nicht gedacht, daß dich meine ‚Auferstehung' gleich umkippen läßt", sagte seine Stimme zu mir. „Das war eigentlich nicht meine Absicht."

Ich richtete mich auf der Couch zum Sitzen auf und starrte ihn an. Noch saß mir der Schock so tief in den Knochen, daß mir die Worte schwer von den Lippen kamen. „Holmes, mein Gott. Wie kommst du hierher?"

Das war auch noch nicht gerade geistreich. Aber wenn man einen Menschen vor sich sieht, von dem man zu wissen glaubt, daß er seit drei Jahren tot ist, fällt einem wohl nichts Intelligentes ein. „Wie bist du aus dem Abgrund lebend herausgekommen?" war dann meine erste sinnvolle Frage.

„Ich war gar nicht drin", lautete die lakonische Antwort, die zwar meine Frage beantwortete, dafür aber tausend neue aufwarf. Das war auch Holmes' Art gewesen. Es gab keinen Zweifel mehr, daß er mir tatsächlich gegenüberstand.

Und dann erzählte mir Holmes die spannende Geschichte seiner Rettung. Er hatte tatsächlich geglaubt, seine letzte Stunde sei gekommen, als ihm Moriarty am Reichenbachfall gegenüberstand. Doch eine Sekunde, die den Verbrecher über eine Wurzel hatte stolpern lassen, gerade als er abdrücken wollte, hatte Holmes genügt, um sich auf ihn zu stürzen. Ein Ringkampf auf Leben und Tod war entbrannt. Und am Ende war Holmes der Stärkere gewesen, und Moriarty war in die Schlucht gestürzt.

„Blitzartig erkannte ich die ganze Tragweite meiner Situation", erläuterte mir Holmes nun mit funkelnden Augen. „Ich war zu meiner eigenen Überraschung am Leben geblieben. Aber welch großartige Möglichkeiten boten sich mir, wenn ich mich einfach für tot erklären ließ! Watson, stell dir einmal vor, all meine Feinde, und das sind ja nicht wenige, würden aufhören, mir nachzustellen, während ich nach Belieben ihre Schritte verfolgen konnte!"

„Trotzdem hättest du mich nicht drei Jahre lang an deinen Tod glauben lassen sollen." Ich war nun doch etwas gekränkt. „Schließlich war ich oder bin ich dein bester Freund."

„Gerade deshalb, Watson. Verzeih mir meine Handlungsweise. Aber hättest du dich gegenüber anderen Leuten genauso ehrlich als trauernden Freund ausgeben können, wenn du gewußt hättest, daß ich noch lebe?"

„Wahrscheinlich nicht", gab ich zu. „Aber was hast du in diesen drei Jahren getrieben? Wo hast du dich versteckt? Doch nicht in London, nehme ich an."

„Tibet, Orient, Frankreich, in der halben Welt, Watson, unter verschiedenen Namen", lächelte Holmes. „Ich habe als Forscher gearbeitet und als Ingenieur im Bergbau, habe Abhandlungen über chemische Untersuchungen verfaßt und kam so finanziell gut über die Runden. Nur mein Bruder Mycroft war eingeweiht. Er sorgte dafür, daß meine Wohnung so blieb, wie sie war. Und er hat meine treue Mrs. Hudson weiter bezahlt. Die Gute war auch recht geschockt, als ich heute nachmittag plötzlich vor ihr stand. Aber wenigstens ist sie nicht in Ohnmacht gefallen."

„Erinnere mich nicht mehr daran", bat ich verlegen. „Sag mir lieber, warum du ausgerechnet jetzt zurückgekommen bist. Das hat doch sicher einen bestimmten Grund."

„Ganz recht, Watson", bestätigte er. „Ursprünglich hatte ich wirklich vor, mich unerkannt in London, also quasi in Hautnähe der hiesigen Unterwelt aufzuhalten, was mir bei meinen Verkleidungskünsten nicht schwergefallen wäre. Aber leider machte mir da bei den Reichenbachfällen jemand einen Strich durch die Rechnung."

„Moriarty", vermutete ich atemlos. „Er hat es also auch überlebt."

„Nein", wurde Holmes ungeduldig. „Laß mich doch ausreden. Du kannst natürlich nicht wissen, daß aus Moriartys Organisation ein einziger Mann ungeschoren geblieben ist. Ich hatte ihn nie erwähnt, weil ich allein gegen ihn keine Beweise zusammenbrachte, die vor Gericht bestanden hätten. Er ist der gefährlichste von allen, Watson. Er war sozusagen Moriartys Stabschef, seine rechte Hand. Aber ich hatte nicht damit gerechnet, daß Moriarty an den Reichenbachfällen in seiner Begleitung war. Der gute Professor hatte auch dafür vorgesorgt, daß dieser Mann seine Rache vollenden würde, sollte sie ihm, Moriarty, nicht gelingen. Das merkte ich, als ich eine lebensgefährliche Klettertour über die Felsenschlucht unternahm, um spurlos zu verschwinden. Da sausten mir plötzlich Steinbrocken um die Ohren. Als ich hochblickte, sah ich das wutverzerrte Gesicht von Moriartys Stellvertreter. Ich entkam ihm, aber es war klar, daß er von diesem Moment an überall in London Späher postierte, die auf meine Ankunft lauerten."

„Jetzt verstehe ich noch weniger, warum du dann zurückgekommen bist." Ich schüttelte den Kopf.

„Der Mord an Ronald Adair, Watson", half mir Holmes auf die Sprünge. „Das ist der Grund. Denn diese Schandtat ist das Werk dieses Mannes. Jetzt kann ich ihn festnageln und an den Galgen bringen. Aber er weiß, daß ich in London bin. Es war unmöglich, meine Ankunft auf Dauer zu verbergen, bei dem dichten Netz, das mein Gegner geknüpft hat. Im Moment jedoch habe ich ihn abgehängt." Er lachte leise in sich hinein. „Du wirst bald sehen, auf welche Weise."

„Aber dann bist du ja wieder in Lebensgefahr", stöhnte ich. „Geht jetzt wieder alles von vorne los?"

„Der Köder ist ausgelegt, Watson", murmelte Holmes mit einem hintergründigen Lächeln.

Ich verstand, was er meinte, und spürte Schauer über meinen Rücken rieseln. „Der Köder bist du selbst, oder?"

„Gibt es einen verlockenderen für Moriartys Mann?" Holmes kicherte. „Heute nacht werde ich die Sache zu Ende bringen. Und ich hoffe dabei auf deine Unterstützung. Bist du bereit?"

„Wie in alten Zeiten", schluckte ich gerührt. „Natürlich."

„Wie in alten Zeiten", bekräftigte Holmes ernst. „Dann steck deinen Revolver ein. Wir brechen in etwa drei Stunden auf. Dann ist es dunkel, und die Ratten werden aus ihren Löchern kommen."

Kurz vor zehn Uhr verließen wir meine Wohnung, beide bewaffnet. Das war für mich Zeichen genug, daß unser Vorhaben gefährlich war.

Wie gefährlich unser Vorhaben wirklich war, wurde mir noch klarer, als Holmes mich auf einsamen Schleichwegen zu unserem Ziel dirigierte. Er kannte jeden Winkel Londons, und wir gingen durch schmale Gassen und über stockdunkle Hinterhöfe, von deren Existenz selbst ich bisher keine Ahnung gehabt hatte. Dabei war ich bei meinen Hausbesuchen als Arzt auch in den entlegensten Winkeln der Stadt herumgekommen. So hatte ich jedenfalls geglaubt. Daß Holmes nun diese Vorsichtsmaßnahmen traf, zeigte deutlicher, als mir lieb war, wie dicht der Feind meinem Freund auf den Fersen sein mußte.

Ich verlor bei diesem nächtlichen Ausflug völlig die Orientierung. Um so mehr verblüffte es mich, als wir schließlich an der Rückseite eines düsteren Hauses anlangten. Holmes erklärte mir flüsternd: „Jetzt sind wir genau gegenüber meiner Wohnung, Watson. Dieses leerstehende Gebäude wird unser idealer Beobachtungsposten für diese Nacht werden."

Wir betraten unseren Schlupfwinkel durch eine Hintertür. Drinnen war es stockdunkel, und man sah nicht die Hand vor Augen. Holmes packte mich am Arm und führte mich eine Treppe hoch in ein leeres Zimmer. Nur eine Straßenlaterne ließ einen kaum wahrnehmbaren Lichtschimmer durch die dick verstaubten Fensterscheiben. Aber man konnte sich wenigstens daran orientieren. Wir postierten uns zu beiden Seiten eines Fensters und sahen auf die Baker Street hinaus. Genau gegenüber auf gleicher Höhe war ein Fenster hell erleuchtet. Als mein Blick dorthin fiel, schrie ich leise auf und hörte ein belustigtes Glucksen von Holmes.

„Glaub nicht gleich wieder an Gespenster, Watson", flüsterte er mir zu. „Es gibt keine. Auch kann niemand an zwei Orten gleichzeitig sein. Nachdem du hier neben dir den echten Holmes siehst, zu welchem Schluß mußt du dann kommen?"

„Du spielst auf meinen Nerven Klavier", stöhnte ich. „Wie ist das möglich, daß du da drüben an deinem Tisch im Sessel sitzt und hier mit mir plauderst? Welchen Taschenspielertrick hast du da wieder angewandt?" Tatsächlich sah man durch das Fenster gegenüber bis zur Brust meinen Freund Holmes sitzen, wer oder was immer das auch war. Wäre nicht er selbst hier bei mir gewesen, hätte ich nicht daran gezweifelt, daß er wirklich dort drüben am Tisch saß.

„Eine genaue Kopie von mir aus Wachs", klärte mich Holmes leise lachend auf. Ihm schien mein Erschrecken Spaß zu machen. „Ein Bekannter von mir in Frankreich hat einige Tage dafür benötigt.

Perfekt, nicht wahr? Die gute Mrs. Hudson hat Anweisung, alle zehn bis fünfzehn Minuten auf den Knien durchs Zimmer zu robben und die Büste zu drehen. Das macht sie nämlich für meine Beobachter dann sehr lebendig. Es muß gleich wieder soweit sein. Schau genau hin, ob du den Schwindel bemerkst?"

Es verstrich eine Minute, während der ich kein Auge von der Wachsfigur ließ. Dann bewegte sie sich plötzlich ruckartig, daß man glaubte, Holmes hätte sich mit seinem Sessel umgedreht. Von außen sah man jetzt seinen Hinterkopf. Es sah wirklich so aus, als ob er entweder ein Schläfchen halten wollte oder über irgendein Problem nachgrübelte. Jedenfalls hätte es für niemanden einen Grund gegeben, daran zu zweifeln, daß Sherlock Holmes zu Hause war. Ich schaute jetzt die Straße entlang und suchte nach Anhaltspunkten dafür, daß Holmes tatsächlich unter Beobachtung stand. Außer offenbar unverdächtigen Passanten fielen mir schließlich zwei Gestalten auf, die sich in einem etwas weiter entfernten Hauseingang herumdrückten. Ich beobachtete sie eine Weile. Nach einigen Minuten schlenderten sie an der Baker Street 221 B vorbei, blickten wie zufällig zum Fenster hoch und verschwanden in einer Toreinfahrt, wo die Dunkelheit sie verschluckte.

„Hast du gesehen, Watson", raunte Holmes mir zu. „Mein wächserner Doppelgänger erfüllt bisher seinen Zweck ausgezeichnet. Nun müssen wir nur noch warten, bis die Oberratte aus ihrem Schlupfwinkel erscheint, um mir den Garaus zu machen. Eine recht faszinierende Angelegenheit, seine eigene Ermordung mit ansehen zu können, findest du nicht?"

„Ich könnte mir eine angenehmere Unterhaltung vorstellen", flüsterte ich zurück. „Woher weißt du eigentlich so genau, daß ..." Ich hatte ihn fragen wollen, warum er so sicher war, daß sein Mörder heute nacht kommen würde.

Aber mitten im Satz hielt mir Holmes plötzlich den Mund zu, was mich völlig überrumpelte. Aber seine Augen waren nun so dicht vor meinen, daß ich das warnende, erregte Funkeln darin sehen konnte. Ich nickte, daß ich verstanden hatte und keinen Laut von mir geben würde. Er nahm seine Hand von meinem Mund und zerrte mich in die hinterste Ecke des Zimmers, wo wir uns in völliger Dunkelheit niederkauerten.

Das viel schärfere Gehör meines Freundes hatte offenbar schon wahrgenommen, was ich erst jetzt hörte: Geräusche, die nicht von der Straße kamen, sondern direkt aus dem Haus. Leise, verstohlene Schritte kamen die Treppe hoch, Stufe für Stufe. Holmes' Finger umklammerten meinen Arm wie ein Schraubstock. Seine Angespanntheit übertrug sich auf mich und steigerte mich in eine ungeheure Erregung hinein, vermischt mit lähmenden Angstgefühlen, die mir den Atem nahmen. Ich bekam mit, wie Holmes mit der anderen Hand seinen Revolver herausholte, und tat automatisch dasselbe. Erst jetzt ließ er meinen Arm los.

Die unheimlichen Schritte kamen unaufhaltsam näher und waren jetzt direkt vor unserer Tür. Totenstille folgte. Aber ich glaubte fast, sehen zu können, wie unser heimlicher Besucher ein Ohr an die Tür preßte und lauschte. Er war wirklich vorsichtig. Ich konnte mich nicht erinnern, jemals Gefahr so eindringlich gespürt zu haben, selbst nicht in den Momenten, in denen jemand eine Waffe auf mich gerichtet hatte, was während meiner Zusammenarbeit mit Holmes auch hie und da vorgekommen war. Aber

Auge in Auge mit einer Gefahr, war eine andere Situation, als einer unsichtbaren Bedrohung ausgesetzt zu sein. Holmes' Verhalten seit unserem Aufbruch aus meiner Wohnung ließ mich jetzt nur noch mehr innerlich zittern. Mir fiel ein, wie er seinen Feind vor einigen Stunden beschrieben hatte: „Der gefährlichste von allen."

Dies alles schoß mir durch den Sinn, als sich die Tür öffnete. Vor ihrem etwas helleren Rechteck hob sich ein Schatten ab, der nun wieder verharrte. In dieser ewig langen Sekunde blieb mir fast das Herz stehen. Obwohl wir beide unsere Revolver gezückt hatten, schnürte mir ein beklemmendes Gefühl die Kehle zu.

Endlich bewegte sich der Schatten auf das Fenster zu, und wir konnten die Umrisse eines Mannes erkennen. Sein Gesicht hob sich nun deutlich von der Scheibe ab. Ich sah scharfe, kantige Züge und einen mächtigen Schnurrbart, der Mann mochte knapp über fünfzig Jahre alt sein. Er starrte hinüber in Holmes' Zimmer in der Baker Street. Was er sah, befriedigte ihn offensichtlich tief, denn er schnalzte mit der Zunge. Da mir sein Vorhaben klar war, wenn ich auch nicht wußte, wie er es von hier aus ausführen wollte, hatte dieser zufriedene Laut für mich etwas Erschreckendes.

Jetzt griff seine Hand in die Innenseite seines Mantels. Ein stockartiger langer Gegenstand fesselte meine Aufmerksamkeit. Der Mann hantierte damit herum und holte weitere Dinge aus seiner Tasche, die ich nicht genau erkennen konnte. Es klickte mehrmals, und als er eine runde Scheibe auf den Stock montierte, wußte ich mit einemmal, was das alles zu bedeuten hatte. Der Mann montierte ein Gewehr zusammen, offenbar eine Spezialanfertigung. Ich sah, wie er den Kolben anbrachte, ein merkwürdig geformtes Ding. Er klappte es auf und schob etwas hinein. „Klick", machte es wieder leise.

Neben mir spürte ich Holmes' Körperwärme und seine kaum wahrnehmbaren Atemzüge.

Der andere öffnete das Fenster und kniete nieder. Jetzt schob er den Lauf hinaus, wobei er sich mit einem Ellenbogen auf dem Sims abstützte. Sein Kopf lag genau über dem Lauf. Ruhig visierte er sein Ziel an, sekundenlang. In mir spannte sich jede Muskelfaser, jede Zehntelsekunde wartete ich auf den peitschenden Knall des Schusses. Ich lauschte so angespannt, daß ich das folgende Zischen zwar nicht überhörte, aber es überhaupt nicht deuten konnte. Erst als der Mann leise lachte und sich aufrichtete, wurde mir bewußt, daß er den Abzug schon betätigt hatte.

Da war Holmes schon neben mir hochgeschnellt, sprang seinen Mörder wie eine große Katze an und umklammerte mit eisernem Griff dessen Hals. Mit einem Satz war ich neben ihm und schlug dem anderen meinen Revolverknauf auf den Hinterkopf. Mit einem Ächzen sank er in Holmes' Armen zusammen.

Der ließ den Ohnmächtigen zu Boden gleiten und schaute eine Weile zufrieden auf ihn hinunter. „Da liegt er, Watson. Oberst Sebastian Moran, der letzte Mann aus Moriartys Verbrecherimperium. Ehemaliger Soldat der Königin, eingesetzt in Indien und Afghanistan. Und der beste Scharfschütze und Waffenexperte, den es in England je gegeben hat."

„Moran!" rief ich überrascht. Der Name war mir sofort wieder geläufig. „Aber das ist ja einer der regelmäßigen Spielpartner von Ronald Adair gewesen. Ein Mann von untadeligem Ruf."

„Ein Wolf im Schafspelz", sagte Holmes grimmig, „der für Geld die kriminelle Laufbahn an der Seite

Moriartys eingeschlagen hatte. Mindestens fünf Morde gehen direkt auf sein Konto. Alle übte er auf große Entfernung mit diesem teuflischen Spezialgewehr aus. Ein Luftgewehr, Watson, das beinahe lautlos tötet. Sieh doch mal aus dem Fenster in mein Zimmer hinüber."

Daran hatte ich gar nicht mehr gedacht.

Holmes' Wachsdoppelgänger war verschwunden. Auf der Tischplatte konnte ich undeutlich mehrere herumliegende Stücke ausmachen, wobei es sich zweifellos um Wachssplitter handelte. Wäre Holmes selbst an seinem Platz gesessen, hätte ihm Morans Geschoß den Kopf zerschmettert. Was für ein Schütze war dieser Moran! Mir wurde abwechselnd heiß und kalt. Aber warum sollte er den jungen Adair umgebracht haben, mit einem Schuß durch das Fenster im zweiten Stock?

Holmes zog eine Trillerpfeife aus einer Tasche und blies hinein. „Lestrade wird mit ein paar Männern gleich hier auftauchen", erklärte er mir dazu. „Ich hatte sie angewiesen, in der Nähe zu warten. In der Zwischenzeit kann ich dir deine Frage wahrscheinlich beantworten. An den Gewinnen und Verlusten von Adair, soweit sie bekannt wurden, müßte dir aber doch auch etwas aufgefallen sein."

„Nicht, daß ich wüßte", gab ich nach einiger Überlegung zu.

Holmes warf einen kurzen Blick auf Moran, um sich zu vergewissern, daß er sich nicht etwa regte. Dann fuhr er fort: „Bei Adairs Spielgewinnen handelte es sich ausschließlich um kleine Beträge. Aber als er mit Moran zusammenspielte, gewannen die beiden immerhin über vierhundert Pfund. Ich denke, daß der Oberst falsch gespielt hat. Und denselben Gedanken wird sich auch der ehrliche Partner Adair

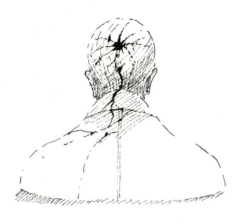

gemacht haben. Wahrscheinlich hatte er sogar Beweise dafür."

„Dann wird er vermutlich dem Oberst gedroht haben, ihn bloßzustellen", folgerte ich.

„Womit Oberst Moran gesellschaftlich erledigt gewesen wäre", nickte Holmes. „Kein Londoner Club hätte ihn mehr aufgenommen. Für Moran, der offenbar seit Moriartys Tod vom Falschspiel lebte, wäre das natürlich auch der finanzielle Ruin gewesen. Der Fall Adair war für mich schnell geklärt. Ich habe Morans Schritte in den drei Jahren genau verfolgt, auch im Ausland. Mein Bruder hielt mich auf dem laufenden, und so hörte ich immer wieder mal von einem ungeklärten Mord, der auf Moran und sein Spezialgewehr hinwies."

„Du wußtest also von dieser Waffe?" fragte ich.

„Natürlich. Weißt du noch, als ich dich vor unserem Aufbruch zu den Reichenbachfällen aufsuchte und alle Fensterläden schloß?"

„Ich werde diesen 24. April 1891 nie vergessen", betonte ich. „Dann hattest du damals also Angst vor diesem Gewehr?"

„So ist es, Watson. Es lag ja nahe, daß Moriarty auch seinen Scharfschützen auf mich angesetzt hatte. Ein verdammt komisches Gefühl, immer einen unsichtbaren Gegner im Nacken zu vermuten, der einen jederzeit töten könnte, ohne sich zeigen zu müssen! Der Mord an Adair, bei dem diesmal eine direkte Verbindung zu Moran nachzuweisen war, bedeutete für mich die Gelegenheit, den Jäger zum Wild zu machen. Der Vergleich der Geschosse am Tatort in der Park Lane und meinem Zimmer wird genügen, um ihn endlich dem Henker zu übergeben."

Ein Stöhnen zu unseren Füßen lenkte uns ab. Moran schlug die Augen auf. Nach einem Moment der Verwirrung sprühte blanker Haß daraus hervor.

„Ah, wieder in die Wirklichkeit zurückgekehrt, wie ich an Ihren Blicken sehe", begrüßte Holmes ihn ironisch. „Eine traurige Wirklichkeit für Sie, Oberst. Bald werden Sie Ihrem Chef die Hand schütteln können."

Moran richtete sich auf und sah sofort in Holmes' Revolverlauf. „Geh zur Hölle", spuckte er förmlich aus.

Holmes lachte laut und mitleidlos. „Das, lieber Oberst, ist genau der Weg, der Ihnen vorbestimmt ist ... Oh, da kommt ja schon Lestrade mit seinen Männern. Etwas spät, Inspektor. Ich übergebe Ihnen hiermit den Mörder von Ronald Adair und seine Tatwaffe, die sicher ein Prunkstück der Sammlung des Londoner Kriminalmuseums werden wird."

Um Morans Handgelenke schnappten Handschellen zu. Er fluchte wüst, als er abgeführt wurde, und stieß wilde Drohungen gegen Holmes aus. Welch unbändiger Haß mußte in diesem Mann stecken!

Kurz darauf saß ich zum erstenmal seit Jahren wieder mit Holmes zusammen in der Baker Street. Es war, als wäre die Zeit stehengeblieben. Mrs. Hudson hatte die Reste der Wachsbüste beseitigt. Die Kugel war genau durch den Hinterkopf gedrungen. Lestrade hatte das Geschoß für die Laboruntersuchung schon abgeholt. Jetzt tranken wir Tee und rauchten gemütlich unsere Zigarren. Es wurde eine lange Nacht.

Als ich endlich aufbrach, graute schon der Morgen. Wir drückten uns fest die Hände.

„So kann ich also in Zukunft wieder auf deine Hilfe rechnen, wenn es gegen Londons Unterwelt geht?" fragte Holmes.

„Das kannst du", bestätigte ich fröhlich. „Jederzeit bereit." Und zum erstenmal seit langer Zeit schlief ich zu Hause wieder glücklich ein.

Der Schwarze Peter

Nach Holmes' „wunderbarer Auferstehung" aus der Reichenbachschlucht verkaufte ich meine Praxis und zog wieder in die Baker Street 221 B zu meinem Freund. Im folgenden Jahr ging ein verzweifeltes, wütendes Aufstöhnen durch Londons Verbrecherwelt: Holmes war körperlich und geistig in Hochform, schien buchstäblich wie neu geboren und wurde von seinen Gegnern dementsprechend verwünscht, was ihnen jedoch wenig nützte. Holmes räumte mit voller Energie unter ihnen auf.

Im Juli 1895 erschütterte dann ein Mord die sonst so ruhige Grafschaft Sussex: Peter Carey, ehemaliger Kapitän eines Walfängers, ein versoffener, brutaler Kerl und bekannter Menschenschinder, hatte ein ungewöhnliches, aber passendes Ende gefunden. Wegen seiner Gewalttätigkeit und seines schwarzen Vollbarts hieß er bei den Seefahrern nur „der Schwarze Peter". Jetzt, zwölf Jahre nachdem er sich mit Frau und Tochter zur Ruhe gesetzt hatte, hatte ihn jemand mit einer Harpune buchstäblich aufgespießt.

Die Tat war in einer primitiven Holzhütte auf seinem Grundstück geschehen, in der er seine gewaltigen Räusche auszuschlafen pflegte. Er hatte sie genauso eingerichtet wie seine ehemalige Kapitänskajüte auf der „Sea Unicorn", einem Walfänger, mit dem er 1883 zum letztenmal unterwegs gewesen war.

Frau und Tochter hatten Peter Carey eines Mittags in dieser Hütte gefunden: durchbohrt und regelrecht an die Wand geheftet. Kein schöner Anblick und schon gar nicht für Frauen! Aber die beiden machten seitdem kein Geheimnis daraus, daß sie dem Schicksal für Careys Ende eigentlich recht dankbar waren, und jeder, der den „Schwarzen Peter" gekannt hatte, konnte seinen Angehörigen diese Erleichterung nachfühlen.

Holmes schaltete sich nach etwa einer Woche in den Fall ein. Ein junger Kriminalbeamter, Stanley Hopkins, hatte ihn um Hilfe gebeten. Mein Freund fand diesen Hopkins sympathisch und hielt große Stücke auf ihn, was im Grunde höchst ungewöhnlich war, denn diese Meinung hatte er weiß Gott nicht von allen berufsmäßigen Kriminalisten.

Holmes machte sich also daran, den Mörder des „Schwarzen Peter" aufzuspüren. Mir gegenüber blieb er dabei sehr wortkarg, aber das war ich ja längst gewohnt. Holmes pflegte immer erst dann über seine Ermittlungen zu reden, wenn er konkrete Ergebnisse zusammengetragen hatte. Zunächst bekam ich nur mit, daß er wieder einmal in eine andere Rolle geschlüpft war: Er war ständig unterwegs, und in der Baker Street tauchten öfter Seeleute auf, die nach einem Kapitän Basil fragten. Wenn er dann tatsächlich einmal da war, murrte Holmes nur darüber, daß sich Mr. Hopkins erst an ihn gewandt hatte, nachdem schon etliche Polizisten die Spuren am Tatort zertrampelt hatten.

Und den vergangenen Vormittag hatte er damit verbracht, bei unserem Metzger mit einer Harpune gegen ein totes, abgehängtes Schwein anzurennen! Das erzählte er mir mit sichtbarem Vergnügen, denn meine Ratlosigkeit angesichts seiner merkwürdigen Methoden machte ihm einfach Spaß.

„Ich bin recht gut bei Kräften, Watson, wie du weißt", schmunzelte er dabei. „Trotzdem ist es mir nicht gelungen, das arme Schwein mit der Harpune ganz zu durchbohren. Diese Tatsache bringt mich doch ein schönes Stück weiter."

Ich schüttelte nur den Kopf, während er sich wieder in Schweigen hüllte. Wenig später kam Stanley Hopkins auf einen Sprung herein. Aus der Unterhaltung der beiden bekam ich dann wenigstens einige Details mit, die mir Holmes bisher verschwiegen hatte.

Das Gespräch der beiden drehte sich eine ganze Weile um einen Tabaksbeutel mit den Initialen *P. C.*, der auf dem Tisch in der Hütte gefunden worden war. Hopkins hielt ihn für völlig bedeutungslos, weil er ihn als Eigentum des Toten betrachtete. Dem hielt Holmes entgegen, daß der „Schwarze Peter" nicht einmal eine Pfeife besaß, worauf Hopkins konterte, daß man Tabak auch für Gäste bereithalten konnte.

Fest stand, daß noch zwei Gläser und eine halbleere Flasche Rum auf dem Tisch bewiesen, daß der Kapitän mit seinem Mörder noch ziemlich gebechert hatte, bevor ihn sein Schicksal ereilte. Am Boden lag ein langes Messer, noch in der Scheide, das Careys Witwe als das des Kapitäns identifiziert hatte. Nur nebenbei erwähnte der junge Hopkins, daß in einem Regal der Hütte noch eine Flasche Whisky und eine Flasche Brandy standen.

Holmes stieß einen kurzen Laut der Überraschung aus und sagte: „Ein recht bedeutsamer Hinweis, Hopkins. Solche Kleinigkeiten sollten Sie beachten."

Weder der Kriminalbeamte noch ich kamen dahinter, was Holmes an Careys Bar so erstaunlich fand. Immerhin war der Tote zu Lebzeiten als Quartalsäufer bekannt gewesen, der im Rausch regelmäßig Frau und Tochter verprügelte.

Holmes ließ uns im unklaren darüber, was er gemeint hatte. Aber ich war sicher, daß sich wieder einmal herausstellen würde, daß er uns damit direkt mit der Nase auf etwas gestoßen hatte, das für die

Lösung des Falls entscheidend war. Und natürlich würde er achselzuckend bemerken, daß er gar nicht verstünde, wieso wir nicht darauf gekommen wären.

Jedenfalls belegte eine Zeugenaussage, daß der „Schwarze Peter" zwei Tage vor seinem schrecklichen Ende kurz nach Mitternacht Besuch von einem Mann gehabt hatte. Der Zeuge war nach einem Besuch des Dorfgasthofs auf dem Nachhauseweg gewesen. Er behauptete, daß er zwischen den Bäumen hindurch hinter dem erleuchteten Fenster deutlich die Profile von zwei Männern gesehen habe, beide mit Vollbärten.

„Ich habe das mit einigen meiner Männer ausprobiert", erklärte Hopkins eifrig. „Die Fenster der Hütte waren zwar immer verhängt, aber wenn man selbst im Dunkeln auf der Straße steht, kann man in der beleuchteten Hütte ganz klar die Umrisse von Personen darin ausmachen. Soweit dürfte unser Zeuge also recht haben."

„Das war gute Arbeit, Hopkins", lobte Holmes, worauf der junge Mann verlegen errötete. „Der Schluß liegt nahe, daß dieser unbekannte Besucher später auch den ‚Schwarzen Peter' an die Wand genagelt hat. Immerhin hat er dabei den Fehler begangen, uns durch die Wahl seiner Waffe einen deutlichen Hinweis auf seine Person zu geben. Ich kann Ihnen versichern, daß ich seit Tagen auf seiner Spur bin und Ihnen den Mörder wohl bald präsentieren werde. Mehr will ich dazu aber im Augenblick nicht sagen."

Hopkins seufzte. „Ihre Andeutungen bringen mich völlig durcheinander, Mr. Holmes. Während ich mich zur Zeit mit diesem Fall ständig im Kreis drehe, wissen Sie offenbar schon eine ganze Menge mehr. Dabei habe ich ein zweifellos wichtiges Indiz in der Hand, von dem ich mir anfangs eine Menge versprach. Jetzt aber bin ich auch mit dieser Spur in einer Sackgasse gelandet. Ich hoffe, Sie können mir da weiterhelfen."

Hopkins zog ein abgenutztes Notizbuch aus der Tasche und reichte es Holmes. Auf dem Einband waren die Buchstaben *J. H. N.* eingraviert.

„Die Notizen darin sehen mir nach einer Aufstellung von Aktien aus", bemerkte Hopkins, während Holmes darin blätterte. „Auffällig dabei ist noch die Jahreszahl 1883 und die Abkürzung *C. P. R.* Dabei kann es sich um die Bezeichnung von Aktien handeln. Aber ich bin nicht dahintergekommen, welche es sein könnten. In London werden keine gehandelt, die dazu passen würden."

„Mit Ihren Vermutungen haben Sie wohl recht", nickte Holmes und klappte das Buch wieder zu. „Was die Aktien betrifft, erkundigen Sie sich einmal nach ‚Canadian Pacific Railways'."

Das kam ganz beiläufig, weshalb die Worte auf Hopkins eine noch größere Wirkung zeigten. Er starrte Holmes bewundernd an und meinte dann voller Hochachtung: „Meine Güte, Mr. Holmes. Dieser Antwort bin ich einen halben Tag hinterhergelaufen, ohne zu einem Ergebnis zu kommen. Und Sie schütteln sie einfach aus dem Ärmel."

„Ich habe mich eben auch viel mit Übersee-Unternehmen beschäftigt, da nicht selten Klienten von dort meine Unterstützung erbitten", wehrte Holmes bescheiden ab. „Es ist ganz selbstverständlich, daß ich mich da etwas auskenne."

Ich aber kannte meinen Freund gut genug, um dabei das kurze Aufblitzen in seinen Augen richtig zu deuten. Er genoß die Bewunderung. Bei aller Bescheidenheit, die er oft nach außen hin zur Schau stellte, war er nämlich im Innersten ziemlich eitel.

Hopkins merkte das natürlich nicht.

Was nun die Initialen *J. H. N.* betraf, dachte Hopkins dabei an einen Börsenmakler, hatte jedoch bisher niemanden mit diesen Initialen ausfindig machen können.

Holmes verfiel in kurzes Grübeln. Irgend etwas schien ihn zu beunruhigen. Er bestätigte mir diese Empfindung auch gleich, als er vor sich hin murmelte: „Dieses Buch bringt meine Theorie über den Täter ziemlich durcheinander." Laut wandte er sich wieder an Hopkins: „Ich sehe hier einen Blutfleck auf dem Einband. Als das Notizbuch auf dem Boden lag, befand sich der Fleck da oben oder unten?"

„Unten", wußte der Kriminalbeamte sofort. „Ich weiß, was Sie damit meinen. Als es zu Boden fiel, war der Mord schon geschehen. Sonst wäre es ja über und über voller Blut. In der Hütte sah es aus wie in einem Schlachthaus."

„Das bedeutet vor allem auch", Holmes nickte, „daß dieses Notizbuch zur Tatzeit an einem Platz gewesen sein muß, wo es vor dem herumspritzenden Blut sicher war. Das ist nicht einfach in einem Raum ohne Winkel."

„Woran denken Sie jetzt?" wollte Hopkins sofort neugierig wissen. „Soweit habe ich das noch gar nicht durchdacht, ich hielt es, ehrlich gesagt, für nicht besonders wichtig. Ich denke, wenn wir die Person gefunden haben, zu der die Initialen gehören, haben wir auch den Mörder, denn Carey wird das Notizbuch wohl kaum gehört haben. Wir haben bei ihm auch keine Aktien gefunden."

Holmes straffte die Schultern und kam zu einem Entschluß. „Unter den gegebenen Umständen will ich mir nun doch den Tatort mal ansehen. Haben Sie Zeit, Hopkins?"

„Es wird mir ein Vergnügen sein, Sie bei der Arbeit

zu beobachten." Hopkins freute sich ehrlich. „Dabei kann ich am besten von Ihnen lernen."

Und so brachen wir unverzüglich nach Sussex auf.

Als wir vor der einfachen Hütte standen, stutzte Hopkins, als er die primitive Tür aufschließen wollte.

„Da hat sich einer am Schloß zu schaffen gemacht", bemerkte er verblüfft. Auch wir sahen nun die frischen Absplitterungen am Holz. Holmes zog eine Lupe aus der Tasche und inspizierte die Tür genauer.

„Stümperhafter Versuch", stellte er danach fest. „Wahrscheinlich mit einem simplen Taschenmesser ausgeführt. Damit ist diese Tür denn doch nicht zu knacken."

Hopkins überlegte kurz und sagte dann: „Wenn es nicht irgendein Betrunkener war, dann gibt es jemanden, den die Hütte ganz besonders interessiert."

„Genau ins Schwarze getroffen!" stimmte Holmes diesem Geistesblitz leise lächelnd zu. „In diesem Fall wird er es heute nacht noch einmal mit geeigneterem Werkzeug versuchen. Ein Glücksfall!" Er freute sich. „Jetzt wollen wir uns erst einmal drinnen umsehen."

Hopkins drehte den Schlüssel, und die Tür schwang leise knarrend auf. Die Bezeichnung „Kajüte" war treffend. Nichts fehlte, weder eine alte Seemannskiste noch eine echte Koje. Land- und Seekarten stapelten sich auf einem Wandbord, daneben lagen alte Logbücher. Auch ein Sextant war vorhanden, und über dem Kartentisch hing eine Zeichnung der „Sea Unicorn".

Holmes untersuchte alles sorgfältig, ohne danach aber sonderlich zufrieden zu wirken. Er machte lediglich eine kurze Bemerkung über einen rechteckigen hellen Fleck auf dem Wandbrett.

176

„Hier ist kaum Staub", konstatierte er. „Bis vor kurzem lag hier etwas, möglicherweise eine Schachtel. Ansonsten gibt es nichts zu sehen. Gehen wir." Nacheinander traten wir durch die niedrige Türöffnung ins Freie.

Es war ein sonniger Tag, deshalb nutzten wir anschließend die Möglichkeit eines ausgedehnten Waldspazierganges und verbrachten den Abend dann im Dorfgasthof bei einem kräftigen Abendessen und einigen Bieren.

Als schließlich die Dunkelheit hereinbrach, bezogen wir unseren Beobachtungsposten hinter einer Buschreihe direkt vor der Hütte. Von der Straße her drangen ab und zu Wortfetzen heimkehrender Dorfbewohner zu uns herüber. Erst gegen Mitternacht wurde es ruhig. Die Umgebung lag wie ausgestorben da, und es begann leicht zu regnen. Nachdem wir schon zwei Stunden so gehockt hatten, wurde es allmählich anstrengend und langweilig. Außerdem kühlte die Luft sehr ab und ließ uns frösteln. Ich dachte sehnsüchtig an mein warmes Bett und ein gemütliches Kaminfeuer.

Bis um halb drei froren wir so vor uns hin, dann endlich tat sich etwas: Keine zwei Meter von uns entfernt tauchte ein Schatten auf und machte sich an der Tür zu schaffen.

Ein junger Mann – der Kleidung nach ein Gentleman – versuchte reichlich ungeschickt, ein Stemmeisen in den Türspalt zu zwängen. Dabei schaute er sich immer wieder ängstlich nach allen Seiten um.

Eigentlich hätte mich ein mulmiges Gefühl beschleichen müssen, immerhin sollte das vor uns ja der Kerl sein, der den „Schwarzen Peter" so brutal umgebracht hatte. Aber wenn der Bursche da nicht mehr Angst hatte als Vaterlandsliebe, dann wollte ich nicht mehr Watson heißen. Ich glaubte, seine Zähne bis zu mir hin klappern zu hören, und seine Hände zitterten so, daß er sein Werkzeug mehrmals ansetzen mußte. Zwischendurch wischte er sich immer wieder über die Stirn. Dieser merkwürdige Einbrecher war ein Nervenbündel und außerdem so schmächtig, daß ihn ein Windstoß hätte umblasen können.

Sein ungeschicktes Hantieren machte mich langsam selbst so nervös, daß ich ihm am liebsten geholfen hätte, um die Sache zu Ende zu bringen. Endlich aber hatte er es geschafft. Die Tür knarrte, wie vorhin bei uns, als er sie öffnete, und er zuckte zusammen wie ein scheues Reh.

Durch das dünne Tuch am Fenster drang kurz darauf der flackernde Schein einer Kerze. Man erkannte den Umriß des Eindringlings und sah, wie er eines der Logbücher vom Bord nahm. Er setzte sich an den Tisch und blätterte darin herum. Nach etwa einer Minute sprang er auf und schlug das Buch heftig zu. Jetzt schien er vollends in Panik zu geraten. Wie in einem schlechten Theaterstück raufte er sich mit beiden Händen die Haare. Dazu hörten wir ihn verzweifelt jammern.

Es war genug des Schauspiels, fanden nun Holmes und Hopkins, und nebeneinander stürzten sie in die Kajüte, ich dicht hinterdrein.

Der Jüngling machte einen entsetzten Satz zurück und schrie auf. Dann sank er auf die Seemannskiste, am ganzen Körper zitternd. In seinen Augen stand blanke Angst.

Zu allem Überfluß donnerte ihn Hopkins nun auch noch an, und für meine Begriffe übertrieb er dabei die Darstellung der Staatsgewalt maßlos. „Wer sind Sie, was wollen Sie hier", herrschte er das Häufchen Elend an.

„John Hopley Neligan", antwortete der verschreckte junge Mann, ohne zu zögern. Man sah ihm an, daß er nun jeden Augenblick seine Exekution erwartete.

Hopkins' Reaktion auf seinen Namen mußte den armen Kerl in dieser Furcht noch bestärken. „Aha", schrie der nämlich freudig erregt, „J. H. N. Da haben wir ihn ja. Dann gehört das hier Ihnen", und er wedelte ihm mit dem Notizbuch vor der Nase herum.

John Hopley Neligan warf einen entsetzten Blick darauf. Dann schlug er die Hände vors Gesicht und schluchzte laut auf. Seine Schultern zuckten. Holmes und ich warfen uns einen kurzen Blick zu und schienen beide dasselbe zu denken. Das Bürschchen hier war nie und nimmer der Mörder des „Schwarzen Peter"!

Hopkins war jedoch anderer Ansicht. Triumphierend verkündete er seinem Gegenüber: „Ich verhafte
Sie hiermit wegen Mordes, begangen an Peter Carey,
in der Nacht von Montag auf Dienstag vergangener
Woche." Handschellen klickten.

„Wir sollten dem jungen Mann Gelegenheit geben,
sein nächtliches Unternehmen zu erklären", mischte
sich Holmes nun zum erstenmal ein. „Er macht nicht
den Eindruck, als könnte er uns drei überwältigen
und flüchten. Also eilt es wohl nicht so sehr damit,
ihn einzusperren."

Das war ein ironischer Seitenhieb auf den Überei-
fer des jungen Polizisten, den dieser aber in seiner
Siegeslaune nicht ganz begriff. Dagegen schaute der
Verhaftete Holmes sofort hoffnungsvoll an.

„Ich danke Ihnen, Sir", sagte er und faßte sich
wieder etwas. „Ich bin unschuldig, glauben Sie mir.
Als ich zum erstenmal hierherkam, war Peter Carey
schon tot. Sein Anblick fuhr mir so in die Knochen,
daß ich wohl mein Notizbuch fallen ließ. Das war in
der Nacht von Montag auf Dienstag, wie dieser Herr
hier richtig bemerkte. Aber ich habe den Mann nicht
getötet! Ich wollte nur mit ihm reden. Vorher habe
ich Monate gebraucht, um ihn zu finden."

Seine Geschichte sprudelte nun nur so aus ihm
heraus. Er war der Sohn von John Neligan, einem
Bankier aus dem Westen Englands, was in Holmes'
phänomalem Gedächtnis Zusammenhänge wachrief.

„Ah, ich erinnere mich", sagte er sofort. „Das gab
einen ziemlichen Skandal vor zwölf Jahren, 1883.
Die Bank machte Bankrott, ruinierte dabei eine
Menge Familien, und John Neligan verschwand über
Nacht spurlos. Und mit ihm ein dicker Stoß verschie-
dener Aktien."

„Mein Vater war kein Betrüger, Sir", rief John Hopley entrüstet. „Sie kennen nur die halbe Wahrheit. Mein Vater machte sich mit den Aktien auf den Weg, um zu retten, was noch zu retten war. Er hinterließ uns eine Liste der Wertpapiere, die er mitnahm, die Sie auch hier in meinem Notizbuch finden. Er fuhr mit seiner kleinen Yacht nach Norwegen. Das war im Herbst 1883. Seitdem haben wir nie wieder etwas von ihm gehört."

„Aber vor einziger Zeit tauchten plötzlich einige dieser Aktien auf dem hiesigen Börsenmarkt auf", unterbrach ihn Holmes. „Hinter denen haben Sie in Ihrem Notizbuch ein Kreuz gemacht. Stimmt es so?"

„Ganz richtig, Sir", nickte John Hopley eifrig. Hopkins streifte Holmes mit einem erstaunten Blick, während der junge Mann fortfuhr:

„Ein Freund unserer Familie hatte uns von dem Verkauf dieser Aktien in London verständigt. Da machte ich mich auf den Weg, um etwas über das Schicksal meines Vaters zu erfahren, und stieß auf Peter Carey als den Verkäufer der Aktien. Doch als ich ihn fand, war er schon tot, und ich lief davon. Als ich mich von meinem Entsetzen erholt hatte, fielen mir die Logbücher hier wieder ein. Ich dachte, daß ich aus diesen Aufzeichnungen vielleicht das Verschwinden meines Vaters klären könnte, wenn ich unter den Eintragungen von 1883 nachsah. Es mußte ja einen Zusammenhang zwischen Peter Carey und meinem Vater geben. Ich hatte nämlich herausgefunden, daß der Kapitän mit seinem Walfänger in der Arktis jagte, während mein Vater auf dem Weg nach Norwegen war. Der Herbst damals war sehr stürmisch, und wie leicht konnte die winzige Yacht von Vater dabei abgetrieben worden sein." Er seufzte hilflos. „Aber als ich vorhin in einem Logbuch blätterte, fehlten die Aufzeichnungen von dieser Fahrt."

181

„Das ist mir heute auch schon aufgefallen." Holmes nickte und fing sich damit einen weiteren erstaunten Blick von Hopkins ein. „Eine Schachtel auf dem Bord ist Ihnen bei Ihrem ersten Besuch hier nicht aufgefallen?" fragte er dann.

„Nein, Sir, nicht daß ich wüßte", erwiderte Neligan. „Aber ich war sehr aufgeregt. Was soll denn in der Schachtel gewesen sein?"

„Ich denke, die bewußten Aktien", sagte Holmes leichthin. „Jedenfalls die, welche noch nicht verkauft waren. Und ich denke, daß sie jetzt im Besitz des wirklichen Mörders sind, denn Sie haben den ,Schwarzen Peter' nicht umgebracht."

„Ha, so leicht lasse ich mich nicht von dem Theater dieses Burschen täuschen", rief da Hopkins aufgebracht. „Die Indizien sprechen eine andere Sprache."

„Sie werden sich bis auf die Knochen blamieren", prophezeite ihm Holmes milde. „Meine Feststellung basiert nicht auf dem Verhalten des jungen Häftlings hier, sondern gründet sich auf Tatsachen. Es ist einfach unmöglich, daß er den Kapitän durchbohrt hat, schmächtig, wie er ist. Sie sollten einmal versuchen, einen Körper mit einer Harpune zu durchbohren, Hopkins. Sie würden sich wundern. Selbst ich habe es nicht geschafft! Außerdem bestätigt doch dieser einsame Blutfleck auf dem Notizbuch die Version von Neligan. Auf jeden Fall ist es auch ein Indiz, das seine Unschuld beweist."

Hopkins wurde unsicher. „Das überzeugt mich nicht", wehrte er sich dennoch trotzig. Es war eben schwer, einem Polizisten seine Beute zu entreißen, wenn er sie einmal in den Händen zu halten glaubte.

Holmes wurde nun ungehaltener: „Sollte ich Sie überschätzt haben, Hopkins? Sie fangen auf unange-

182

nehme Weise an, dem guten Inspektor Lestrade von Scotland Yard zu ähneln. Sturheit ist nicht unbedingt eine Tugend für einen Kriminalisten, ebensowenig nützlich sind Scheuklappen. Ich habe Ihnen genügend Hinweise gegeben, die Sie ins Grübeln hätten bringen müssen. Ich tue es noch ein letztes Mal. Sehen Sie dort die Flaschen? Whisky und Brandy, übrigens ausgezeichnete Marken. Und trotzdem haben Carey und sein Besucher Rum getrunken, und das nicht zu knapp. Welcher Nichtseemann würde Rum bei dem Angebot hier vorziehen?" Er wandte sich an Neligan: „Wie sieht es eigentlich mit Ihrer Trinkfestigkeit aus, junger Mann?"

„Um Himmels willen", wehrte der ab. „Ich rühre Alkohol überhaupt nicht an. Das kann Ihnen bei mir zu Hause jeder bestätigen."

„Ihren Zeugen haben Sie wohl auch vergessen", wandte sich Holmes wieder an Hopkins. „Der hat die Umrisse von zwei bärtigen Männern zwei Tage vor dem Mord gesehen. Mr. Neligan aber sprießt nicht einmal zarter Flaum im Gesicht. Also ist doch zumindest noch ein weiterer Verdächtiger im Spiel. Gebrauchen Sie Ihr Gehirn, Hopkins."

Der Beamte wurde feuerrot vor Verlegenheit. Holmes konnte manchmal sehr direkt sein. Seine Bemerkungen vor mir und dem jungen Neligan kamen einem Verweis gleich.

Hopkins schluckte mehrmals, dann sah er seinen Irrtum ein. „Sie haben recht, Mr. Holmes. Zumindest deutet einiges darauf hin, daß Neligan unschuldig sein könnte. Ich mache Ihnen einen Vorschlag. Wenn wir in seinem Hotelzimmer diese Aktien nicht finden, setze ich ihn vorerst wieder auf freien Fuß. Allerdings mit der Auflage, daß er die Gegend nicht verläßt und sich zur Verfügung hält. Einverstanden?"

183

„Ein sehr vernünftiges Angebot." Holmes nickte.

„Aber ja, aber ja!" Neligan freute sich lautstark. „Ich wohne im ‚Seven Arms'. Durchsuchen Sie ruhig mein Zimmer, das wird Sie vollends von meiner Unschuld überzeugen."

Wie Holmes vorausgesehen hatte, waren die Aktien natürlich nicht in Neligans Zimer, und Hopkins hielt sein Versprechen, wofür sich Neligan überschwenglich bedankte.

Wir fuhren nach London zurück, wo wir uns von Hopkins verabschiedeten. Holmes versprach ihm, ihn zu benachrichtigen, sobald der Fall seiner Aufklärung zusteuerte.

„Ich denke, die Ereignisse heute werden Hopkins eine Lehre sein", schmunzelte Holmes, als wir endlich wieder in der Baker Street saßen und ziemlich müde noch eine Tasse Tee tranken. „Er ist noch nicht ganz dreißig und noch zum Denken erziehbar, bevor er die üblichen Gewohnheiten der meisten Kriminalisten annimmt. Ich meine die berühmten Scheuklappen, die Lestrade so konsequent anzulegen pflegt, wenn er ermittelt. Aber Hopkins kann noch gerettet werden, oder was meinst du, Watson?"

„Ein sympathischer junger Mann." Ich lächelte. „Und sicher nicht so engstirnig, wie er vielleicht heute gewirkt hat. Er war einfach aufgeregt darüber, so einen dicken Fisch an der Angel zu haben."

„Das meine ich auch, Watson." Holmes nickte zufrieden. „Wir werden dem braven Hopkins den richtigen Fisch ins Netz treiben und ihm den Triumph überlassen."

Dann widmete er sich einem Stapel Post. Einige der Briefe waren an Kapitän Basil adressiert. Als er bei einem Schreiben von einer Schiffsagentur angelangt war, stutzte Holmes.

„Sieh an, schon fündig geworden, Watson. Gib bitte sofort ein Telegramm an die Agentur Ratcliff auf, mit folgendem Text: *Benötige morgen früh alle drei Männer, die Sie mir vorgeschlagen haben. Basil.* Und dann benachrichtige Hopkins, daß er morgen um halb zehn hier erscheint. Es geht dem Finale zu, Watson." Mit diesen Worten verschwand er in sein Schlafzimmer.

Wie das genau ablaufen sollte, brachte ich wieder nicht aus ihm heraus. Wie üblich wollte sich Holmes den Überraschungseffekt bei einem von ihm inszenierten Schlußakt nicht nehmen lassen.

Pünktlich am nächsten Morgen saßen Hopkins und ich bei Holmes im Zimmer, als Mrs. Hudson drei Männer ankündigte. Holmes ließ sie nacheinander hereinbitten. Der erste war ein kleiner, aber muskulöser Mann, der sich als Jim Landes vorstellte. Holmes sprach nur kurz mit ihm, drückte ihm zehn Shilling in die Hand, ließ sich seine Adresse geben und versprach, sich bald bei ihm zu melden. Mit dem zweiten Besucher, einem gewissen Robert Steel, verfuhr er ebenso.

Der dritte war ein vollbärtiger Hüne namens Patrick Cairns, dem sich Holmes nun sehr aufmerksam und interessiert zuwandte.

Hopkins und ich schauten uns an und dachten beide dasselbe. Patrick Cairns, die Initialen *P. C.* auf dem Tabaksbeutel in der Kajüte, die gleichen Anfangsbuchstaben wie bei dem ermordeten Peter Carey! Hopkins' Körper straffte sich auf seinem Stuhl. Auch in mir spannte sich jede Muskelfaser. Plötzlich stand Gefahr im Raum.

„Sie sind Harpunier?" fragte Holmes währenddessen ganz ruhig.

„Ja, Sir", antwortete der Seemann. „Mit über dreißig Ausfahrten. Einen besseren Harpunier werden Sie nicht anheuern können, Sir."

„Das glaube ich Ihnen, Cairns." Holmes nickte. Er machte einen plötzlichen Gedankensprung. „Sie stammen aus Dundee, habe ich gehört?"

Cairns bestätigte das völlig arglos. Aber den nächsten Satz hatte Holmes noch nicht ganz ausgesprochen, als sich der Mann mit einem Wutschrei auf ihn stürzte. Holmes sagte nämlich: „Der Heimathafen der ‚Sea Unicorn‘, nicht wahr? Erinnern Sie sich noch an Ihre letzte Waljagd mit dem ‚Schwarzen Peter‘ im Herbst 1883?"

Und schon war Cairns über ihm, und Hopkins und ich im selben Moment fast schon über Cairns. Was hatte dieser Kerl für Bärenkräfte! Erst als es Hopkins gelang, ihm Handschellen anzulegen, konnten wir ihn endgültig überwältigen.

Stumm, aber wild um sich blickend, ergab er sich dann in sein Schicksal. Holmes beschuldigte ihn nun, den „Schwarzen Peter" harpuniert zu haben.

„Da haben Sie recht, Mister", brummte Cairns darauf zu unser aller Überraschung zustimmend. „Er wollte mit seinem Messer auf mich losgehen, stinkbesoffen, wie er war. Aber ich war schneller. Er hatte es noch nicht einmal aus der Scheide, da riß ich schon eine Harpune von der Wand und durchbohrte ihn mit einem einzigen Stoß."

„Und dann haben Sie die Schachtel mit den Aktien mitgehen lassen", hakte Holmes gleich nach.

Cairns nickte grimmig. „Sie standen mir genausoviel oder -sowenig zu wie dem ‚Schwarzen Peter‘. Aber bis dahin dachte ich, daß Geld in der Schachtel wäre. Mit diesen Papieren konnte ich nichts anfangen. Sie liegen immer noch in meinem Seesack im Seemannsheim. Brauchen Sie nur zu holen."

„Das werden wir", mischte sich Hopkins ein. „Erst einmal verhafte ich Sie offiziell wegen Mordes an Peter Carey. Soll das Gericht entscheiden, ob Sie mit Totschlag oder gar Notwehr wegkommen."

„Ist schon in Ordnung so, Mister", meinte Cairns gelassen. „So oder so ist es um den ‚Schwarzen Peter' nicht schade."

„Erzählen Sie uns, wie Kapitan Carey an die Schachtel gekommen ist", forderte Holmes ihn auf. „Sie werden den Sachverhalt genau kennen, oder?"

„Ganz recht", bestätigte der Harpunier. „Wir fischten damals einen erschöpften Kerl auf, der mit so einer Nußschale herumtrieb, die sicher keinen halben Tag mehr auf See überstanden hätte, weil ein Mordssturm im Anrollen war. Als Gepäck hatte er nur eine flache Schachtel dabei. Nun gut, am nächsten Morgen gab es ihn nicht mehr. Der Kapitän meinte nur, daß er bei dem Sturm in der Nacht wohl unglücklicherweise über Bord gegangen sei. Aber ich wußte es besser. Ich hatte nämlich Wache und als einziger mitgekriegt, wie der ‚Schwarze Peter' den armen Kerl eigenhändig den Fischen vorwarf. Aber ich habe das Maul gehalten. An Land fragte kein Aas nach dem Mann. Danach gab der ‚Schwarze Peter' die Seefahrt auf und verschwand."

„Aber warum haben Sie ihn erst jetzt nach zwölf Jahren aufgesucht?" fragte Hopkins erstaunt.

„Ging mir in der letzten Zeit dreckig", lautete die einleuchtende Antwort. „Hat dann ein Jährchen gedauert, bis ich den Schlupfwinkel von dem Kerl gefunden hatte. Ich dachte, daß es an der Zeit war, einen Batzen Schweigegeld zu verlangen."

„Da haben Sie ihn zwei Nächte vorher aufgesucht, und er hat Ihnen eine Abfindung versprochen", dachte Holmes laut.

„So war es", bestätigte Cairns. „Soviel Geld, daß ich mich auch hätte zur Ruhe setzen können. Zwei Tage später wollten wir den Handel abschließen. Er sagte, er müßte das Geld erst flüssigmachen. Doch dann war er schon besoffen, als ich kam. Habe dann eine Zeitlang mitgehalten, bis es mir zu dumm wurde. Aber als ich die Hand nach dem Geld aufhielt, lachte er nur und ging auf mich los, wollte das Messer ziehen. Den Rest kennen Sie ja." Der Seemann verschränkte die Arme über der Brust, für ihn schien die Sache erledigt zu sein.

Hopkins und zwei herbeigerufene Polizisten führten ihn ab. Aber meine Neugier war noch nicht befriedigt. Ich wollte genau wissen, wie Holmes auf Cairns gekommen war und wie es ihm gelungen war, ihn in die Falle zu locken.

„Na, als Kapitän Basil, Watson", erklärte er, als wäre das die einfachste Sache der Welt. „Der Tabaksbeutel, der Rum auf dem Tisch ließen auf einen Seemann schließen, die gewaltige Kraft, die für den Mord nötig war, konnte nur ein Harpunier aufbringen. Was lag näher, als die Mannschaftslisten der ‚Sea Unicorn' aufzutreiben und durchzuackern? Da fand sich eben 1883 ein Patrick Cairns als Harpunier, dessen Initialen auch noch mit denen auf dem Tabaksbeutel übereinstimmten. Nach seiner Tat wollte er natürlich so schnell wie möglich außer Landes. Da hat Kapitän Basil ausgestreut, daß er einen guten Harpunier suchte. Früher oder später mußte sich Cairns ja an eine der Agenturen wenden. Basil ließ sich inzwischen regelmäßig die Listen der Bewerber schicken, und bei den letzten dreien fand sich eben auch Cairns."

„Genial", lobte ich begeistert.

Holmes schüttelte den Kopf. „Ein direkt ekelhaft

einfacher Fall, Watson", widersprach er und zündete sich eine Pfeife an. "Völlig unter meinem Niveau. Ich hoffe, daß seine Aufklärung der Karriere von Hopkins hilft. Ansonsten hätte ich wirklich damit nur meine Zeit verplempert."

Dazu fiel mir nun wirklich nichts mehr ein.

Das Rendezvous an der Brücke

Der Mord an Maria Gibson war tagelang Thema Nummer eins in den Zeitungen ganz Englands, ebenso die anschließende Verhaftung ihres Kindermädchens Claire Dunbar. Neil Gibson, der Witwer, war einer der reichsten Männer der Welt, ein Goldmagnat, der sich vor fünf Jahren auf einen riesigen Schloßbesitz in Hampshire zurückgezogen hatte. Seine Frau, eine gebürtige Brasilianerin, wie man wußte, war eine verblühende Schönheit, während Claire Dunbar damals zu den schönsten Frauen Englands gerechnet wurde. Das war ein Stoff, der Sensationsreporter nicht schlafen ließ, und in den Blättern wurde eine Beziehung zwischen dem Milliardär und dem Kindermädchen mehr als nur angedeutet.

Nachts um elf hatte ein Wildhüter Maria Gibson vor der kleinen steinernen Brücke des Parkteichs erschossen aufgefunden, getötet durch eine Kugel in die Schläfe. In ihrer verkrampften Faust hielt sie einen Zettel, der von dem Kindermädchen unterschrieben war und in dem ein Treffen der beiden Frauen um neun Uhr an der Brücke vereinbart wurde. Dann fand die Polizei auch noch in Claire Dunbars Schrank eine Pistole, in der eine Patrone fehlte. So schien dieser Fall sonnenklar, bevor er zum Schwurgericht gehen sollte. Das Kindermädchen belastete sich noch zusätzlich durch eisernes Schweigen.

Übrigens stammte die Pistole aus der umfangreichen Waffensammlung Neil Gibsons und gehörte, so nahm die Polizei an, zu einem Paar gleicher Pistolen. Die zweite Waffe allerdings war aus der Pistolentasche verschwunden.

Das alles war lang und breit durch die Gazetten gelaufen und als tragisches Eifersuchtsdrama geschildert worden. Und angesichts der Tatsachen konnte man dies den Reportern nicht einmal verübeln.

Es war an einem äußerst windigen Oktobermorgen, als sich Neil Gibson durch einen Brief für elf Uhr bei Holmes anmeldete. Wir saßen eben beim Frühstück. In einem geradezu wütenden Ton erklärte Neil Gibson in der Mitteilung, daß er von der Unschuld Claire Dunbars überzeugt sei. Während wir noch darüber sprachen, kam Neil Gibsons Verwalter, ein gewisser Marlow Bates, zu uns hereingestürmt.

Bates war ein kleines dürres Männchen und übernervös. Pausenlos sah er sich ängstlich um, während er außer Atem losprudelte: „Mr. Gibson kommt gleich hierher. Ich weiß es von seinem Sekretär. Er darf mich nicht erwischen. Aber ich muß Sie warnen. Es ist ein niederträchtiger Schuft. Lassen Sie sich nicht täuschen. Der Mann kennt kein Erbarmen."

Holmes betrachtete den zappeligen Mann stirnrun-

zelnd. Er mochte es nicht, wenn man bei ihm so einfach hereinplatzte. Aber er sah Bates' Angst und versuchte, ihn zu beruhigen. „Setzen Sie sich erst einmal, Mr. Bates. Und dann sagen Sie uns in aller Ruhe, was der Zweck Ihres Besuchs ist."

Bates überhörte das Angebot, Platz zu nehmen. Unruhig fingerte er an seiner Taschenuhr herum, auf die er alle paar Sekunden schaute. „Er wird gleich dasein. Ich muß weg, bevor er mich sieht. Aber seien Sie auf der Hut. Er hat seine Frau behandelt wie ein Stück Vieh, und wir alle hassen ihn dafür. Das wollte ich Ihnen mitteilen." Dann stürzte er zur Tür hinaus.

„Mr. Gibson kann wirklich stolz auf sein treues Personal sein." Holmes lächelte spöttisch. „Er muß ja ein reizender Mensch sein. Ich bin wirklich gespannt auf ihn, Watson."

Herein kam pünktlich um elf ein Mann, der eine unbeugsame Härte ausstrahlte. Er hatte kalte eisgraue Augen. Mr. Gibson war Amerikaner, wie ich wußte. Von einem englischen Gentleman schien er nichts an sich zu haben, zumindest nicht die Höflichkeit. Er schnappte sich gleich einen Sessel und kam ohne jede Einleitung zur Sache. Holmes taxierte ihn ruhig.

„Um das Wichtigste gleich vorwegzunehmen", bellte Gibson. „Es ist mir jeden Dollar, den Sie haben wollen, wert, wenn Sie Miß Dunbars Unschuld beweisen. Geld spielt keine Rolle."

„Für mich auch nicht", entgegnete Holmes trokken. „Ich pflege nur Fälle anzunehmen, deren Problem mich fasziniert. Dazu meine erste Frage: In welchem Verhältnis standen Sie zu Claire Dunbar?"

Gibson wurde sofort bleich vor Zorn. „In keinerlei privatem. Ich empfinde diese Frage als Unverschämtheit."

Holmes blieb ganz gelassen, während Gibson aussah, als würde er sich mühsam beherrschen, um nicht
gewalttätig zu werden. Er war es wohl gewöhnt, jedes
Hindernis, das ihm im Weg stand, beiseite zu räumen.

„Ich gebe mich nicht mit Klienten ab, die mir die
Wahrheit verschweigen", machte ihm Holmes deutlich. „Dafür ist mir meine Zeit zu kostbar."

Gibson fuhr von seinem Sessel hoch und brüllte los:
„Sie nennen mich also einen verdammten Lügner?"

„Wenn Sie es so ausdrücken wollen", antwortete
Holmes. Mein Freund war kein Mann, der sich ein-
schüchtern ließ. Wenn es darauf ankam, konnte er
auch seine gewaltigen Körperkräfte unter Beweis
stellen, was ich schon des öfteren erlebt hatte. „Und
ich würde Sie bitten, in meiner Wohnung entweder
keinen derartigen Lärm zu schlagen oder zu gehen."

Gibson starrte ihn eine Weile schweigend von oben
nach unten an. Sein Unterkiefer mahlte. Dann ent-
schloß er sich, sich wieder hinzusetzen. Der Milliardär nahm sich merklich zusammen. „Wahrscheinlich
müssen Sie mir solche Fragen stellen und eine ehrliche Antwort darauf erwarten können."

„Wir kommen uns näher", gab ihm mein Freund
recht. „Beginnen wir also von vorne. Warum liegt
Ihnen soviel daran, Claire Dunbars Unschuld zu beweisen? Sie steht doch im Verdacht, Ihre Ehefrau aus
Eifersucht erschossen zu haben."

„Niemals", erregte sich Gibson. „Miß Dunbar ist
der beste Mensch, den man sich vorstellen kann. Sie
wäre nie in der Lage, jemanden zu verletzen, ge-
schweige denn zu töten."

„Das beantwortet meine Frage nicht", seufzte
Holmes. „Sie machen es einem nicht leicht, Mr. Gibson."

Dieser schien sich einen Ruck zu geben. „Also,

reden wir nicht darum herum. Unsere Ehe war schon lange nicht mehr gut. Zumindest sah ich es so. Meine Liebe zu Maria war abgestorben. Das wäre vielleicht kein Problem gewesen, wenn Maria ähnlich empfunden hätte. Ich habe sogar versucht, sie dazu zu bringen, daß sie mich haßte. Aber wie schlecht ich sie auch behandelte, sie liebte mich weiterhin. Und Maria war eine heißblütige Frau. Sie mochte Miß Dunbar nicht, und gegen sie entwickelte sie tatsächlich einen tiefen Haß."

„Was seinen Grund gehabt haben wird", unterbrach ihn Holmes. „Und den versuche ich nun schon die ganze Zeit von Ihnen zu erfahren. Sie strapazieren meine Geduld aufs äußerste, Mr. Gibson."

Der Amerikaner blieb diesmal ruhig. Er wirkte fast ein bißchen traurig, als er fortfuhr: „Ich liebe Miß Dunbar und habe ihr dies auch gesagt. Sie hat Gefühle in mir geweckt, die ich nie für möglich gehalten hätte. Am Anfang zog mich in erster Linie ihre Schönheit an, das gebe ich zu. Ich bin ein Mensch, der haben will, was ihm gefällt, und es meistens auch bekommt. Und gerade das hat Miß Dunbar abgestoßen. Sie wollte unser Haus verlassen. Als ich ihr versprach, sie nicht mehr zu belästigen, blieb sie dann doch. Schließlich brauchte sie auch das Geld, um ihre Familie zu unterstützen."

„Offenbar eine bemerkenswerte Frau", meinte Holmes. „Und Sie haben vielleicht zum erstenmal in Ihrem Leben die Erfahrung gemacht, daß man mit Geld nicht alles kaufen kann."

„Ja, so war es", bekannte Gibson, ohne böse zu werden. „Sie haben völlig recht."

„Soviel ich weiß, hat Claire Dunbar bisher nur zugegeben, daß sie bereit war, sich mit Ihrer Frau an der Brücke zu treffen", überlegte Holmes laut. „Ansonsten schweigt sie. Haben Sie dafür eine Erklärung?"

Gibson schüttelte den Kopf. „Nein, ich weiß nur, daß sie Maria nicht umgebracht hat."

„Nach Lage der Dinge dürften die Geschworenen zu einer anderen Ansicht gelangen", sagte Holmes. „Aber ich werde sehen, was ich tun kann. Bis dahin sollten Sie auf meine Nachricht warten."

Gibson nickte. „Gut. Ich bin im Claridge abgestiegen."

Nachdem er uns allein gelassen hatte, fuhren Holmes und ich nach Hampshire zu Sergeant Coventry, der den Tatort untersucht hatte.

Auch er glaubte nicht so recht an die Schuld des Kindermädchens. „Wissen Sie", meinte er bedrückt, als wir auf dem Weg zum Schloß waren, „alles spricht gegen sie, so daß ich sie einfach verhaften mußte. Aber ich kann mir nicht vorstellen, daß sie zu so einer Tat fähig wäre. Miß Dunbar ist ein außergewöhnlich gütiger Mensch. Sie hat sogar diesen harten Mr. Gibson dazu gebracht, sein Geld auch für wohltätige Zwecke einzusetzen."

Mittlerweile waren wir an der kleinen Steinbrücke im Schloßpark angekommen, wo man die Tote gefunden hatte. Gibson erwähnte, daß sie auf dem Rücken gelegen habe. Der Schuß sei aus nächster Nähe abgefeuert worden.

Holmes setzte sich auf das Steingeländer und versank in tiefes Nachdenken. Dann, plötzlich, schoß er hoch und war mit einem Schritt auf der gegenüberliegenden Seite. Eine höchstens pennygroße Absplitterung im Stein hatte seine Aufmerksamkeit auf sich gezogen.

Sergeant Coventry erklärte kopfschüttelnd: „Das haben wir auch gesehen, aber es ist doch über vier

Meter von der Leiche entfernt. Ich kann nicht glauben, daß diese kleine Kerbe etwas mit dem Verbrechen zu tun hat."

Holmes hieb mit seinem Stock mehrmals kräftig gegen die Brückenmauer, ohne daß etwas von ihr abgebröckelt wäre. „Das muß von einem sehr harten Gegenstand herrühren", überlegte er. „Und merkwürdigerweise kann er nicht von oben gekommen sein, sondern nur von unten. Die Schramme ist unterhalb vom Rand der Mauerkrone."

Mehr sagte er dazu nicht. Aber ich kannte meinen Freund gut genug, um zu wissen, daß diese abgesplitterte Stelle ihn beschäftigte. Doch ich kam trotz allen Grübelns nicht dahinter, warum.

„Hat Mr. Gibson ein Alibi für die Tatzeit?" wollte Holmes von dem Sergeanten als nächstes wissen.

Der verzog das Gesicht. „Ja, leider. Er kam gegen fünf Uhr nachmittags aus London hierher zurück und hat das Schloß anschließend nicht mehr verlassen, wie das Personal bestätigte. Und bestimmt würde keiner zu Gibsons Gunsten lügen."

„Welch außerordentlich beliebter Mann!" Holmes lächelte hart.

Wir verabschiedeten uns von dem Polizisten. Während wir aus dem Park schlenderten, meinte Holmes: „Wenn dieser Revolver im Kleiderschrank nicht für unsere Miß Dunbar sprechen würde, sähe ich wenig Chancen für sie."

„Aber das ist doch gerade das belastendste Beweisstück", rief ich. Ich verstand nicht, was er meinte.

„Watson, du denkst zu einseitig", belehrte er mich. „Würde jemand, der vorsätzlich eine Waffe zu einem Rendezvous mitnimmt, um den anderen zu erschießen, diese Waffe nach der Tat ausgerechnet in seinem eigenen Schrank verstecken? Dort wird doch zuerst danach gesucht. Viel wahrscheinlicher ist es, daß jemand den Revolver zwischen die Wäsche schmuggelte, um Miß Dunbar zu belasten und dem Henker auszuliefern."

„Aber jeder mag sie doch", wandte ich ein. „Wer sollte ihr so etwas antun wollen? Da läge es doch viel näher, Gibson eine Falle zu stellen. Den haßt jeder im Schloß."

Holmes ging nicht darauf ein. Statt dessen erwähnte er den Zettel in der Faust der Toten. „Auch das ist seltsam, Watson. Der Zettel weist direkt auf Claire Dunbar hin. Aber wenn du auf jemanden wartest, der dir vorher eine Nachricht über den Treffpunkt zukommen ließ, hättest du dann diesen Zettel in der Hand? Welchen Grund sollte es dafür geben?"

„Jetzt, wo du es so darlegst, kommt es mir auch seltsam vor", gestand ich ein. „Es weist alles zu direkt und zu eindeutig auf das Mädchen hin."

„Und deshalb werden wir versuchen, Claire Dunbar im Gefängnis von Winchester zu sprechen", beschloß Holmes. „Mal sehen, ob sie ihr Schweigen nicht bricht."

Am nächsten Morgen erhielten wir die Genehmigung, sie in der Haft zu besuchen.

Bei ihrem Anblick verstand ich sofort, daß sie in Gibson Gefühle geweckt hatte, die diesem hartherzigen Mann bis dahin fremd gewesen waren. Sie war eine außergewöhnlich schöne Frau, die zudem eine solche menschliche Wärme ausstrahlte, daß ich in diesem Moment fest davon überzeugt war: Hier stand keine Mörderin vor uns.

Sie war verzweifelt, wie wir sofort merkten. Holmes mußte nicht lange in sie dringen, damit sie ihr Schweigen brach.

„Nie hätte ich geglaubt, daß dieser Verdacht lange bestehen könnte", rief sie aus. „Deshalb habe ich geschwiegen. Ich wollte die Familie schützen."

„Meine Güte, Miß Dunbar", rief da auch Holmes. „Welch ein Irrtum. Es geht um Ihr Leben. Nur die volle Wahrheit kann Sie noch retten."

Claire Dunbar nickte heftig. „Das sehe ich ein. Die Wahrheit ist, daß diese Frau mich zutiefst gehaßt hat. Ich denke, Mr. Gibson hat Ihnen erzählt, was sich zwischen uns abgespielt hat."

„Nichts, dessen Sie sich schämen müßten", sagte Holmes sanft. „Erzählen Sie mir nur die wesentlichsten Fakten. Wie kam es zu der Verabredung mit Maria Gibson, und was ist dabei passiert?"

Claire Dunbar schlug die Hände vor das Gesicht. Sie brauchte einen Moment, um sich zu fassen. Dann begann sie: „Ich fand an jenem Morgen eine Nachricht von Mrs. Gibson in meinem Zimmer vor. Sie bat mich dringendst, mich abends mit ihr bei der Brücke zu treffen. Ich sollte ihren Brief verbrennen und ihr eine kurze Mitteilung bei der Sonnenuhr im Park hinterlassen, wann ich kommen würde. Ich habe lange überlegt, Mr. Holmes. Aber ihre Bitte klang so verzweifelt, daß ich tat, was sie verlangte. Da sie in ihrer Nachricht erwähnte, daß sie aus Angst vor ihrem Mann nicht wollte, daß er von dem Treffen erfuhr, leuchtete mir diese geheimnisvolle Art durchaus ein. Abends an der Brücke überfiel sie mich mit den schlimmsten Beschimpfungen. Ich will sie hier nicht wiederholen. Sie gebärdete sich wie eine Furie. Mir wurde erst in dem Moment so richtig bewußt, wie tief sie mich haßte. Da bin ich einfach weggelaufen. Ich konnte sie nicht mehr ertragen."

„Und Sie haben keinen Schuß gehört?" erkundigte sich Holmes gespannt.

Die junge Frau verneinte das entschieden. Holmes'
nächste Frage galt der Stelle, wo die Verabredung
stattgefunden hatte.

„War es dort, wo die Leiche entdeckt wurde?"

„Ganz in der Nähe, einige Meter davon entfernt",
erinnerte sich Claire Dunbar. „Aber ich kann ja nicht
beweisen, was ich Ihnen erzählte. Und dann war da
noch dieser Revolver in meinem Schrank."

„Den hatten Sie vorher nicht gesehen?"

„Nein, ich schwöre es", rief sie. „Als ich zu dem
Treffen ging, war er noch nicht dort. Das weiß ich
ganz genau, weil ich mich vorher umgezogen und
genau von dort Wäsche weggenommen hatte. Er
wäre mir ganz sicher aufgefallen."

„Und Sie waren zutiefst erschrocken über den Haß,
der Ihnen aus Mrs. Gibsons Worten entgegenschlug",
sagte Holmes mehr zu sich selbst.

Claire Dunbar brach in Schluchzen aus. „Ach, es
war unvorstellbar. In diesem Augenblick habe ich
gedacht, daß Maria Gibson geisteskrank sein müsse.
Ein normaler Mensch könnte nicht so hassen."

„Ich denke, wir werden Sie bald hier herausholen",
sagte Holmes unvermittelt, und auf seinem Gesicht
lag ein Leuchten, wie ich es an ihm sehr gut kannte:
Es deutete darauf hin, daß er die Lösung des Falles
wußte. Plötzlich war er sehr in Eile.

„Wir müssen sofort nach Hampshire zurück", erklärte er mir, als wir Miß Dunbar verließen. „Und
wir brauchen den Revolver von Sergeant Coventry
oder irgendeinen anderen von schwerem Kaliber."

Dann hüllte er sich in Schweigen, bis wir nach
einer kurzen Bahnfahrt im Polizeirevier von Hampshire ankamen. Dort forderte er den überraschten
Sergeanten ohne nähere Erklärung auf, sofort mit
uns zu kommen, und im Schnellschritt führte er uns

zur Brücke im Park. Holmes ließ sich von Coventry den Revolver geben und zog dann einen starken Bindfaden aus seiner Tasche. Das eine Ende band er fest um den Abzug und das andere um einen schweren Stein, den er vorher vom Weg aufgehoben hatte.

Der Sergeant und ich beobachteten ihn verständnislos.

Holmes bat uns zurückzutreten. Er war in seinem Element. Er liebte derartige theatralische Auftritte. Der Sergeant warf mir einen hilflosen Blick zu, als Holmes den Stein über die Brücke herunterließ bis dicht über den Wasserspiegel. Dann trat er zu der Stelle, wo Maria Gibsons Leiche gefunden worden war, und feuerte einen Schuß in die Luft ab.

Er ließ den Revolver los. Im dem Augenblick kapierte ich. Der Revolver wurde durch das Gewicht des Steines über die Brückenmauer gezogen und verschwand mit einem Platschen im dichten Schilf des Teiches. Vorher war er heftig gegen die Mauer geprallt.

Triumphierend zeigte Holmes auf die Stelle am steinernen Brückengeländer, an die der Revolver geschlagen war. „Hier, fast genau die gleiche Beschädigung. Wenn Sie Ihren Revolver da unten herausholen, Sergeant, werden Sie ganz in der Nähe noch einen anderen finden. Er wird dem, der in Claire Dunbars Schrank gefunden wurde, sehr ähnlich sein. Doch der da unten ist die Tatwaffe. Mrs. Gibson hat sich selbst erschossen und wollte damit gleichzeitig

Claire Dunbar vernichten. Welch ein Haß. Faszinierend."

„Furchtbar", war mein Gefühl. „Daß jemand fähig ist, sein eigenes Leben auszulöschen, nur um einen anderen zu zerstören! Dann hat Maria Gibson also vorher den zweiten Revolver bei Miß Dunbar im Schrank versteckt. Und deshalb hat sie auch deren Nachricht in der Hand behalten."

„Was des Guten zuviel war." Holmes nickte.

Sergeant Coventry leitete die Bergung der Revolver in die Wege. Und es kam, wie Holmes vorausgesagt hatte: Dicht neben dem Revolver des Polizisten fand sich ein zweiter, ebenfalls mit Bindfaden und Stein. – Sofort telegrafierte Coventry, um die Freilassung von Claire Dunbar anzuordnen.

Holmes und ich waren mittlerweile hinunter ins Dorfgasthaus gegangen. „Sollten wir nicht gleich Mr. Gibson informieren?" fragte ich ihn.

Holmes lächelte mir zu: „Mr. Gibson werden wir noch etwas zappeln lassen, bevor wir ihm Bescheid geben. Das Nachdenken und die Sorge um diese bemerkenswerte Frau können ihm nur guttun. Ich halte es nicht für ausgeschlossen, daß sie aus ihm vollends einen anderen Menschen macht. Vielleicht erwidert sie irgendwann sogar seine Gefühle."

Ich gab ihm recht. „Verdient hätte er soviel Glück weiß Gott nicht. Aber wenn Claire Dunbar dadurch glücklich würde, dann soll er es eben auch werden."

Holmes hob sein Glas. „Auf dich, Watson."

„Auf dein Genie", erwiderte ich aus ehrlichem Herzen. „Miß Dunbar wird sich sicher auch noch persönlich bei dir für ihre wunderbare Rettung bedanken."

„Du weißt, daß ich auf so etwas keinen Wert lege", sagte er sachlich. Und ich hatte den Verdacht, daß er in diesem Fall nicht ganz die Wahrheit sagte.

Der Mann, der auf allen vieren lief

Einer der letzten Fälle, die Holmes bearbeitete, war die seltsame Geschichte um Professor Presbury. An der Universität und unter den Gelehrten in halb England gingen damals nämlich üble Gerüchte über diesen Mann um.

Es war an einem Tag Anfang September, als ich zum erstenmal von ihm hörte. Ich war gerade nach Hause gekommen. Holmes saß in seinem Lehnstuhl, mit halb geschlossenen Augen, und rauchte diesen gräßlichen Tabak, den ich bis heute nicht vertrage. Hätte er aber auf ihn verzichtet, hätte mir in Holmes' Gegenwart etwas gefehlt. So eng war unser Verhältnis zueinander geworden. Eine halbe Stunde saß er mir stumm gegenüber, in tiefes Nachdenken versunken. Auf einen anderen hätte das wahrscheinlich sehr unhöflich gewirkt. Aber ich wußte, daß er sich in meiner Gegenwart gut entspannte und sich wohl fühlte.

Schließlich schlug er die Augen auf und fragte mich abrupt: „Warum, Watson, wird der bisher so treue Wolfshund von Professor Presbury plötzlich unberechenbar scharf und beißt sein Herrchen? Mir will dafür keine vernünftige Erklärung einfallen."

Ich hatte es mir mehr oder weniger abgewöhnt, auf solche unvermittelten Vorstöße verwirrt zu reagieren. Es war Holmes' Art, mich so mit einem Fall zu konfrontieren, nicht von dessen Anfang an, wie man es wohl erwartet hätte, sondern von einem Punkt an, der ihm gerade zu schaffen machte. So wußte ich auch jetzt nicht, worum es überhaupt ging.

„Ich kenne weder Professor Presbury noch seinen Hund und kann mir deshalb kein Urteil erlauben", begann ich nun meinerseits dieses Spiel.

„Vielleicht hilft dir folgendes weiter", fuhr er fort. „Presbury ist ein weit über Englands Grenzen hinaus bekannter Physiologe an der Universität von Camden. Und nun ist es schon zweimal geschehen, daß ihn sein eigener Hund angegriffen hat. Was meinst du dazu?"

„Also weißt du, Holmes! Wegen solch einer Lappalie zerbrichst du dir den Kopf? Der Hund wird eben krank sein. Was denn sonst? So etwas soll es ja wohl des öfteren geben."

Holmes lächelte amüsiert. „Lieber Watson, wenn das die nächstliegende Möglichkeit wäre, hätte ich dich ganz sicher nicht kommen lassen. Und das solltest du auch wissen. Tatsache ist, daß der Hund nur seinen Herrn angreift und allen anderen Leuten gegenüber lammfromm ist."

„Dann prügelt ihn der Professor vielleicht, und das Tier beißt aus Angst zu." Ich zuckte die Achseln. „Ich muß ehrlich sagen, daß mich dieses Thema immer mehr langweilt."

„Ich brauche dich, Watson", murmelte Holmes. „Die Geradlinigkeit und Einfachheit deiner Gedanken hilft mir vielleicht, das Knäuel zu entwirren. Bleib bitte hier, und hör dir mit an, was Mr. Bennett zu der Sache sagt. Er muß gleich hiersein."

Bennett war Student. Er erwies sich als adretter junger Mann Ende Zwanzig, mit eher schüchternem Auftreten. Er wurde noch unsicherer, als er mich, den er nicht kannte, bei Holmes vorfand.

Er wußte nicht recht, wie er Holmes erklären sollte, daß er ihn lieber unter vier Augen gesprochen hätte. Verlegen erwähnte er sein enges privates und berufliches Verhältnis zu Professor Presbury und wie peinlich es ihm wäre, die Geschichte anderen Leuten zu erzählen.

Holmes gelang es, ihn zu beruhigen. Er wies auf meine Diskretion hin und darauf, daß ich sein Vertrauter sei und daß er ohne mich keinen Fall übernehmen würde.

Der Student kam zur Sache. „Sie müssen wissen, daß Professor Presbury in ganz Europa einen außerordentlich guten Ruf hat. Er ist Witwer und lebt mit seiner Tochter Edith zusammen. Und nie gab es einen Skandal um ihn. Er selbst ist ein eigenwilliger Charakter und sehr kämpferisch. Jedenfalls kannte ich ihn bis vor einigen Monaten so."

„Und seitdem hat sich das grundlegend geändert, Watson", unterbrach ihn Holmes. „Ich weiß darüber einiges aus einem Brief, den mir Mr. Bennett geschrieben hatte. Presbury ist etwas über sechzig Jahre alt, und kürzlich hat er sich nun mit der Tochter eines Kollegen verlobt, Alice Morphy heißt sie. Presbury muß sehr feurig um sie geworben haben, mit geradezu jugendlicher Leidenschaft. Der Vater von Alice hatte keine Einwände, was vielleicht auch an der Tatsache lag, daß Presbury ein reicher Mann ist."

„Bis jetzt sehe ich nirgendwo ein Problem", wandte ich ein. „Mir scheint es eher eine fast schon alltägliche Geschichte zu sein."

„Ich komme gleich zum Punkt, Watson." Holmes klang etwas ärgerlich wegen der Unterbrechung. „Alice selbst, die um viele Jahre jünger ist als der Professor, gilt als ziemlich verwöhntes Kind, um es höflich auszudrücken. Zwar mag sie Presbury offenbar recht gern, aber sie macht ihm oft deutlich, daß sie der Altersunterschied stört, und sie Bewerber hat, die in dieser Hinsicht besser zu ihr passen. Die Verwandtschaft von Presbury ist über diese Verbindung wohl wenig glücklich. Auch da mag es vielleicht in erster Linie eine Rolle spielen, daß man es ungern sieht, wie des Professors Reichtümer einer fremden Frau in den Schoß fallen." Holmes machte eine kurze Pause und wandte sich an den Studenten. „Vielleicht sollten Sie jetzt wieder fortfahren, Mr. Bennett."

Der junge Mann räusperte sich. „Ja, und dann geschah etwas sehr Merkwürdiges, das überhaupt nicht zum üblichen Verhalten von Professor Presbury paßte. Er verschwand nämlich über Nacht von zu Hause, ohne jemandem eine Nachricht zu hinterlassen. Erst zwei Wochen später kam er zurück, völlig erschöpft. Es war reiner Zufall, daß ich von einem Freund einen Brief erhielt, in dem er schrieb, daß er Professor Presbury in Prag getroffen habe. Er erwähnte, daß er sich sehr darüber gefreut habe – wohl im Gegensatz zu Presbury. Dieser wollte sich wohl nicht einmal kurz mit ihm unterhalten, sondern sei fast fluchtartig weitergegangen. – Und seit seiner Rückkehr ist er völlig verändert."

„Inwiefern, wirst du dich fragen, Watson", nahm Holmes den Faden wieder auf. „Nun, Presbury fing plötzlich an, zum Geheimniskrämer zu werden. Für seine Umgebung, auch für seine Tochter, ist es seitdem so, als trüge er eine Maske. Er wirkt auf sie fremd und unnahbar. Mr. Bennett, der auch als sein Sekretär arbeitet, besaß früher Presburys ganzes Vertrauen, so als wäre er sein Sohn. Auch das hat sich geändert."

„Ja, das ist es, was mich so bestürzt", fiel der Student Holmes erregt ins Wort. „Wieder zu Hause, sagte mir der Professor, daß er regelmäßig Sendungen aus London bekommen werde, die mit einem Kreuz gekennzeichnet seien. Ich hätte diese Post auf keinen Fall zu öffnen, sondern sofort ihm persönlich zu übergeben. So hielt ich es dann auch, obwohl mich dieses Mißtrauen tief verletzte."

„Und dann ist da noch die Sache mit dem Kästchen", wandte sich wieder mein Freund erklärend an mich. „Er brachte es aus Prag mit und stellte es in seinen Instrumentenschrank. Als Mr. Bennett in dem Schrank einmal nach einer Spritze suchte und dabei das Kästchen auf die Seite schob, trat gerade Presbury ins Zimmer. Er bekam einen regelrechten Wutausbruch, als er Mr. Bennett sah."

„So kann man es nennen", bestätigte der Student. Er zog ein Notizbuch aus der Tasche und blätterte darin. „Es gab dann noch mehr seltsame Vorkommnisse, die ich mir notiert habe. Am 2. Juli griff Roy, sein Wolfshund, ihn plötzlich im Arbeitszimmer an, dasselbe passierte am 11. und jetzt auch noch am 20. Juli. Seitdem halten wir den Hund in einem Zwinger auf dem Hof eingesperrt."

Er unterbrach sich irritiert, weil Holmes plötzlich die Augen schloß und sich zurücklehnte. Ratsuchend sah er mich an, und ich bedeutete ihm mit einer beruhigenden Geste, daß er einfach schweigen sollte.

Nach zwei, drei Minuten öffnete Holmes die Augen wieder und sagte: „So detailliert kannte ich die Fakten noch nicht. Ich muß Sie loben, Mr. Bennett, daß Sie Ihre Beobachtungen dermaßen sorgfältig niedergeschrieben haben. Das kann uns weiterhelfen. Das Ganze ist wirklich äußerst seltsam und geheimnisvoll."

Bennett nickte geistesabwesend. „Ich wollte Ihnen erzählen, was vorgestern nacht passierte, am 4. September, um genau zu sein."

Holmes beugte sich vor: „Nur zu, Mr. Bennett. Je mehr Sie uns mitteilen, desto eher bekommen wir Licht in diese Angelegenheit."

Für mich war klar, daß Holmes sehr gespannt war und sein Gehirn auf Hochtouren arbeitete, während er unserem Besucher aufmerksam zuhörte.

Der fuhr fort: „Der Professor muß an meiner Tür vorbei, wenn er in sein Schlafzimmer will, und zwar ist das eine Glastür. In jener Nacht fiel heller Mondschein durch das Fenster auf den sonst stockfinsteren Gang. Ich hörte Geräusche vor meiner Tür, und da sah ich in diesem Licht den Professor, das heißt seine Umrisse. Und trotzdem konnte ich nicht glauben, daß er es war. Er ging nämlich auf allen vieren."

„Bitte, was?" entfuhr es mir, was mir einen ärgerlichen Blick von Holmes einbrachte.

„Ja, Mr. Watson, Sie haben richtig gehört. Dann kam mir der Gedanke, daß der Professor da draußen vielleicht etwas suchte, was er verloren hatte, und ich ging hinaus, um ihm zu helfen. Es war ein Schock für mich. Er suchte ganz offensichtlich nichts, sondern bewegte sich wie ein Tier auf Händen und Füßen zur Treppe hin. Erst war ich furchtbar entsetzt und wie gelähmt. Dann sprach ich ihn an und fragte, ob ich ihm helfen könne. In dem Moment sprang er auf die Beine und brüllte. Ein paar Schimpfwörter habe ich verstanden. Und gleich darauf raste er die Treppe hinunter. Ich habe stundenlang auf ihn gewartet, weil ich mich nicht traute, ihm zu folgen. Erst gegen Morgen fiel ich in einen unruhigen Schlaf. Bis dahin war er immer noch nicht zurück."

„Hexenschuß", sagte ich nach einer kurzen Pause verwirrt. „Das ist die einzige Erklärung, die ich habe. Und bei diesem unvermuteten Auftauchen von Mr. Bennett erschrak er so, daß er hochfuhr und sich dadurch alles wieder einrenkte."

„Großartig, Watson." Holmes klatschte ironisch in die Hände. „Zielsicher nennst du immer sofort Möglichkeiten, die wir nach kurzer Betrachtung ausschließen können. Dadurch rücken wir der Wahrheit jedesmal ein Stück näher."

Das ärgerte mich nun wirklich, und ich schwieg. Bennett, der sich in dieser Situation unwohl zu fühlen begann, wandte sich an mich. „Es ist so, Mr. Watson, daß der Professor vor Gesundheit strotzt. Ich habe sogar den Eindruck, daß er seit diesem Ereignis kräftiger ist als vorher. Auch auf alles andere kann ich mir keinen Reim machen. Manchmal habe ich das Gefühl, daß er gar nicht mehr er selbst ist, sondern von irgendwelchen dunklen Mächten regiert wird. Obwohl ich nun wirklich nicht zum Phantasieren neige."

„Möglicherweise sind Sie mit dieser Befürchtung nicht ganz so weit von der Wahrheit weg, wie Sie denken", murmelte Holmes.

Als sich Bennett gerade verabschieden wollte, stürzte eine junge Dame zur Tür herein. Sie sah Bennett und warf sich ihm an den Hals. Dabei stammelte sie: „Entschuldige, Liebling. Ich bin furchtbar durcheinander, ich mußte dich einfach sehen. Ich halte es nicht mehr aus zu Hause. Es ist alles so unerklärlich und geheimnisvoll."

Bennett löste sich sanft von ihr, nachdem er sie mit ein paar Worten beruhigt hatte, und stellte sie uns verlegen vor: „Das ist Edith Presbury, meine Braut. Bitte verzeihen Sie diesen Auftritt. Aber gerade für Edith ist die ganze Geschichte kaum zu verkraften. Sie liebt ihren Vater nämlich sehr."

Edith nickte heftig. „Ja, das tue ich. Aber Vater weiß oft nicht mehr, was er tut. Da bin ich ganz sicher. Gestern abend war er wieder wie in Trance, und ich hatte den furchtbaren Eindruck, daß ich nur noch seinen Körper erkennen konnte und daß seine Seele wie gefangen war und beherrscht wurde."

„Erzählen Sie weiter, aber nehmen Sie vorher Platz", forderte Holmes sie freundlich auf. „Hat sich sonst etwas zugetragen, was Sie aufregte oder verängstigte?"

„Ja." Sie nickte heftig. „In der Nacht wachte ich von Roys wütendem Gebell auf. Er mußte sich an seiner Kette wie irr gebärden. Der Mond leuchtete auf mein Fenster. Und dann sah ich dort das Gesicht meines Vaters, Mr. Holmes, stellen Sie sich das vor: Mein Zimmer liegt im zweiten Stock, und plötzlich starrt mein Vater herein. Er versuchte ganz offenbar, mit den Händen das Fenster zu öffnen. Mr. Holmes, obwohl es sich um meinen Vater handelte, betete ich zu Gott, daß es ihm nicht gelinge hereinzukommen. Ich bin vor Angst fast gestorben. Das Ganze dauerte vielleicht eine halbe Minute, glaube ich. Dann verschwand er plötzlich wieder."

„Und das war ausgerechnet am 5. September." Holmes brütete. „Sehr auffällig und interessant. Und es macht alles noch komplizierter. Wir müssen handeln, Watson. Miß Edith, haben Sie Ihren Vater auf dieses für Sie so furchterregende Ereignis angesprochen?"

„Ich hatte nicht den Mut, mehr als eine vorsichtige Andeutung zu machen", seufzte sie. „Aber offenbar erinnerte er sich an nichts. Allerdings war er brummig und abweisend beim Frühstück am nächsten Morgen."

„Diese Vorkommnisse scheinen bei ihm also auch Gedächtnislücken zur Folge zu haben", überlegte Holmes, und das klang sehr zufrieden. Warum, erfuhr ich gleich, als er mich aufforderte: „Los, Watson. Wir werden dem Professor einen Besuch abstatten, so als wäre er mit uns verabredet. Er wird dann meinen, er hätte es nur vergessen."

„Sie wollen uns also wirklich helfen", freute sich Edith. „Dann können wir uns doch noch Hoffnung machen, daß alles wieder gut wird." Sie nahm Bennett bei der Hand.

Der gab zu bedenken: „Sie müssen vorsichtig sein. Der Professor kann sehr jähzornig werden."

„Mit solchen Gefühlsausbrüchen werde ich fertig", meinte Holmes lächelnd und verabschiedete seine Besucher.

Am Abend erreichten wir Camden und quartierten uns in einem sauberen Gasthof ein. Holmes hatte in Erfahrung gebracht, daß Presbury am nächsten Vormittag um elf eine Vorlesung hatte. Er wollte noch vorher zu ihm. Er schaute in sein Notizbuch und stellte fest: „Am 26. August hatte er einen dieser Anfälle. Also gehe ich davon aus, daß er sich nicht mehr so genau daran erinnert, was damals alles geschah. Wir müssen nur genügend Frechheit besitzen und behaupten, daß wir uns damals für heute mit ihm verabredet haben. Für mich kein Problem. Kannst du eine solche Unverschämtheit auch an den Tag legen, Watson?"

Ich lachte. „Es ist ja wirklich nicht das erstemal, daß ich diese Eigenschaft bei dir brauche, Holmes. Da mach dir mal keine Sorgen."

Eine wunderschöne Parkanlage umgab das Haus des Professors.

„Er beobachtet uns schon", flüsterte Holmes mir zu, als wir aus der Kutsche stiegen. „Das dritte Fenster von links, Watson. Dort steht er hinter der Gardine."

Ich warf einen schnellen Blick dorthin und sah jetzt auch einen Schatten hinter der Gardine.

Dann empfing uns ein hochgewachsener, kräftig gebauter Mann, der sehr viel jünger aussah, als er war. Seine Augen hinter der Brille schauten uns klar und aufmerksam an, als wir unsere Visitenkarten überreichten.

„Was verschafft mir die Ehre?" fragte er, und sein Blick kam mir nun fast hintertrieben vor. Ich hatte nicht den Eindruck, daß wir diesem Manne etwas vormachen könnten.

„Das muß ich doch Sie fragen", gab Holmes zurück. „Sie haben mich doch benachrichtigen lassen, daß Sie meine Dienste in Anspruch nehmen wollen."

„Ach, wirklich?" Er dehnte die Frage höhnisch in die Länge. „Das wollen Sie mir weismachen? Bennett!" schrie er dann, daß es durchs ganze Haus hallte.

Sekunden später erschien der Sekretär, und Presbury fragte ihn mit größter Freundlichkeit: „Sie erledigen doch meine Korrespondenz, Bennett. Habe ich Sie beauftragt, einen Detektiv zu mir zu schikken?" Der durchdringende Blick, mit dem er den Studenten dabei musterte, ließ diesen ins Schwitzen geraten.

„Nein, Professor", gab er kleinlaut zu. „Nicht, daß ich wüßte."

Vom einen Augenblick auf den anderen bekam Presbury einen Wutanfall. Er zerrte uns fast aus seinem Haus hinaus, wobei er schrie und tobte. Hinter uns fiel die Tür mit lautem Krachen ins Schloß.

Holmes zeigte sich nicht im mindesten erschrokken, sondern grinste mich an. „Na, Watson, als ich bei diesem Mann auf Gedächtnislücken tippte, bin ich wohl deutlich danebengelegen, obwohl die Erzählungen von Bennett und Edith Presbury darauf schließen ließen. Aber der Choleriker da drinnen hat mit seinem Gedächtnis keine großen Probleme, wie mir scheint. Sein Verstand arbeitet eher phänomenal. Aber immerhin kann ich mir nun selbst ein Bild von ihm machen."

Wir hörten Schritte hinter uns, und ich befürchtete schon, der Professor wollte noch mal auf uns losgehen. Doch es war Bennett, der sich für seinen peinlichen Auftritt entschuldigte.

Er drückte Holmes einen Zettel in die Hand und erklärte: „Das ist die Adresse in London, an welche der Professor immer schreibt. Ich habe sie heute auf einem Löschpapier sicherstellen können. Sie gehört einem Mister Dorak."

„Slawe wahrscheinlich", meinte Holmes und steckte den Zettel in seine Tasche. „Könnten Sie uns noch kurz das Fenster zum Zimmer Ihrer Braut zeigen, an dem der Professor damals nachts auftauchte? Oder müssen Sie befürchten, daß er Ihnen den Hals umdreht, wenn er Sie dabei erwischt?"

„Es würde mich nicht überraschen." Bennett lachte

leicht gequält. „Kommen Sie mit. Es liegt Gott sei Dank auf der Rückseite."

Er führte uns quer durch Buschwerk bis unter das Fenster. Es war nichts zu sehen, woran ein normaler Mensch hochklettern könnte, außer einer Efeuranke schräg darunter und einem Stück Wasserleitung, das aus der Mauer ragte.

„Man müßte klettern können wie eine Katze, um dort hochzukommen oder vor dem Fenster auch noch Halt zu finden", sagte Bennett. „Eine Leiter hat er nicht benützt. Da hätten wir Abdrücke in der weichen Erde gefunden."

„Ich habe genug gesehen", meinte Holmes. „Gehen wir in unsere Pension zurück, Watson, und überdenken den Fall."

Dort angekommen, setzten wir uns bei einer Flasche Wein zusammen.

„Du hast sicher auch schon gemerkt, Watson", begann Holmes, „daß die Anfälle des Professors in neuntägigen Abständen erfolgten, von einer Ausnahme abgesehen, die wir vorerst beiseite lassen. Das erste Mal am 2. Juli, das vorletzte Mal am 25. August und das bisher letzte Mal am 3. September."

„Das halte ich auch nicht für zufällig", nickte ich nachdenklich. „Aber ich habe keine Erklärung dafür. Und nach einem Anfall soll der Professor angeblich noch bei größerer körperlicher und geistiger Kraft sein als vorher."

„Eine Droge, denk an eine Droge", rief Holmes. „Ihretwegen war er wohl in Prag, und nun versorgt ihn ein anderer Slawe namens Dorak als Zwischenhändler in London. Eine Droge, die nach der Einnahme kurzfristig das Bewußtsein total verändert und zu Gereiztheit und Wutausbrüchen führt."

„Das ist theoretisch natürlich möglich", bedachte

ich. „Aber was ist mit dem Hund, mit dem Gesicht am Fenster und damit, daß der Professor auf allen vieren durch den Gang kroch?"

„Fahren wir nach London zurück", schlug Holmes vor. „Diese Woche wird sich hier aller Voraussicht nach nichts tun."

Die nächsten Tage bekam ich Holmes fast nie zu Gesicht, und wenn, sagte er mir nicht, ob er inzwischen etwas erfahren hatte.

Doch am Montag darauf bestellte er mich eilig zum Bahnhof, wo er bereits wartete. Bennett hatte ihm telegrafiert, daß er sofort kommen müsse. Der Student holte uns in Camden am Bahnsteig ab und erzählte aufgeregt, daß wieder ein Brief und ein Päckchen, beide gekennzeichnet, aus London eingetroffen seien.

„Heute abend, wenn meine Schlußfolgerungen richtig sind", bemerkte Holmes daraufhin angespannt, „werden wir das Geheimnis lüften. Mr. Bennett, bleiben Sie im Haus und halten Sie sich wach. Aber unternehmen Sie nichts wegen des Professors. Wo bewahrt er den Schlüssel zu diesem Kästchen auf?"

„An seiner Uhrkette", wußte der Sekretär.

„Gut", nickte Holmes. „Wir werden heute nacht ganz in seiner und Ihrer Nähe sein, Mr. Bennett. Es wird schon alles gutgehen."

Gegen elf Uhr abends versteckten Holmes und ich uns hinter einem Gebüsch, direkt gegenüber dem Haupteingang des Hauses. Es war alles andere als angenehm, in der kalten Nacht dort zu warten. Wir fröstelten.

Aber Holmes war so voll innerer Erregung und gespannter Erwartung, daß auch ich mich davon anstecken ließ. Schließlich zeigte mir seine Zuversicht, daß er der Lösung dieses unheimlichen Falles nahe war.

„Hast du dir eigentlich schon mal die Fingerknöchel des Professors genau angeschaut?" flüsterte er mir unvermittelt zu.

Ich schüttelte den Kopf. „Nein, aber was haben die denn nun damit zu tun, daß wir hier hocken und uns alle Glieder abfrieren?"

„Ich habe noch bei keinem Menschen solch eine dicke Hornhaut gesehen", raunte er zurück. „Aber lassen wir das jetzt. Es tut sich was." Vor Aufregung hatte er mich am Ärmel gepackt.

Da sah auch ich, daß sich die Haustür öffnete. Im Türrahmen stand der Professor, mit einem Morgenrock bekleidet. Er schlenkerte auf seltsame Weise mit seinen Armen. Dann trat er auf den Weg hinaus.

Eine Sekunde später hätte ich laut aufgeschrien, wenn Holmes mir nicht im letzten Moment seine Hand fest auf den Mund gepreßt hätte. Denn es war unglaublich, was ich sah.

Der Professor ließ sich auf alle viere fallen und hopste hin und her. Seine Bewegungen wirkten auffallend. Dann begann er, in dieser Haltung Luftsprünge zu machen. Er führte sich auf wie ein junger Bock, der vor Lebenslust nur so strotzte. Dieser Anblick war unheimlich und komisch zugleich.

Nachdem er sich ein wenig ausgetobt hatte, lief Presbury die Hausfront entlang und bog um die Ecke. Wir sahen nun auch Bennett aus der Tür kommen und ihm vorsichtig folgen.

„Komm mit, Watson." Mit diesen Worten zog mich Holmes aus unserem Versteck, und wir schlichen den beiden nach.

Als wir um die Ecke bogen, sahen wir, wie der

Professor mit flatterndem Morgenrock und behende wie eine Katze an den Efeuranken hochkletterte. Er schaute kurz durch das Fenster seiner Tochter, glitt dann wieder hinunter und sprang auf den Hundezwinger zu.

Dort kauerte er sich nieder, während Roy wie wahnsinnig bellte und an seiner Kette zerrte.

Der Professor öffnete die Tür zum Zwinger und setzte sich auf allen vieren hin. Der Abstand war gerade so, daß Roy jedesmal von seiner Kette zurückgerissen wurde, wenn er auf seinen Herrn zusprang und wütend versuchte, ihn zu erreichen. Der trieb ihn noch weiter zur Raserei, indem er ihm kleine Steine an die Schnauze warf. Dann passierte es.

Dem wildgewordenen Hund rutschte das Halsband über den Kopf, und er war frei. Sekundenbruchteile später hatte er sich auf den Mann gestürzt, und um Leben und Tod kämpfend, wälzten sie sich am Boden. Bevor wir eingreifen konnten, hatte Roy seinen Herrn in die Kehle gebissen. Mit Hilfe unserer Stöcke gelang es uns, den Hund von seinem Opfer wegzureißen. Bennett brachte das rasende Tier zur Besinnung und sperrte es in den Zwinger. Währenddessen trugen Holmes und ich den Professor, der stark blutete, ins Haus, wo ich mich um ihn kümmerte.

Die Halsschlagader war Gott sei Dank nicht getroffen, so daß er nicht lebensgefährlich verletzt war. Ich gab ihm eine Morphiumspritze. Die Wunde sah gefährlicher aus, als sie war, und ich versicherte Holmes und Bennett, daß wir im Augenblick wenigstens darauf verzichten konnten, einen Spezialisten zu rufen.

Bennett zeigte sich darüber deutlich erleichtert: Er sah die Chance, einen öffentlichen Skandal zu vermeiden. Vor allem um Ediths willen war ihm daran sehr gelegen.

Holmes nahm dem Professor den Schlüssel für das Kästchen ab, den er an seiner Uhrkette trug. Was wir in dem Kästchen fanden, waren eine leere Ampulle und eine halbvolle, dazu etliche Briefe, jene, die Bennett nicht hatte öffnen dürfen. Sie waren alle von diesem Dorak unterschrieben. Zum Teil waren ihnen auch Rechnungen von ihm beigefügt und Hinweise auf neu abgeschickte Ampullen.

Aber ein Umschlag trug eine Prager Briefmarke. Aufgeregt holte Holmes den Brief heraus, der von einem H. Löwenstein unterschrieben und an Presbury gerichtet war. Halblaut las uns Holmes vor.

Lieber Kollege!
Ich habe über Ihre Gründe nachgedacht, die Sie zu dem Besuch bei mir veranlaßten. Ich bin jetzt mit einer Behandlung einverstanden, muß Sie aber noch einmal dringend darauf hinweisen, daß sich alles noch im Experimentierstadium befindet und die Medikamente gefährliche Nebenwirkungen haben. Es ist das Serum eines Kletteraffen, und seine Wirkung auf Menschen wurde noch keineswegs ausreichend erprobt. Wenden Sie sich an meinen Freund Dorak in London. Und seien Sie vorsichtig.

Mir fiel es wie Schuppen von den Augen. Ich hatte von Löwenstein gehört. Er war aus der Ärztekammer ausgeschlossen worden, weil er mit einem kräftespendenden Serum, das er als Wundermittel pries, auch Menschenversuche gemacht hatte. Er war aber nicht bereit gewesen, die Herkunft dieses Serums preiszugeben. Ich erzählte es den beiden anderen.

Holmes schaute nachdenklich auf den schlafenden Professor. „Da siehst du einmal mehr, Watson, was eine Frau aus einem Mann machen kann. Mit ihren ewigen Hinweisen auf den Altersunterschied trieb sie ihn zur Verzweiflung. Schließlich sah er eine Verjüngungskur als einzige Möglichkeit, diese Frau zu halten. Dafür nahm er sogar das Risiko in Kauf, eine Bewußtseinsveränderung durchzumachen und früher oder später vielleicht selbst auf die niedere Stufe eines Tieres zurückzufallen. Der Hund mit seinen viel sensibleren Sinnen merkte dies zuerst und sprang seinen Herrn an, in dem er den Affen roch."

„Und was werden wir jetzt tun?" fragte ich. „Bei dem Gedanken an derartige Experimente schüttelt es mich. Wenn der Mensch anfängt, in seine eigene Natur einzugreifen, was soll dann aus dieser Welt noch werden?"

„Ich bin ganz deiner Meinung, Watson." Holmes nickte. „Deshalb werde ich diesem Löwenstein schreiben und ihm ganz deutlich machen, daß er mit einer harten gesetzlichen Verfolgung rechnen muß, wenn er diese Teufelsdroge weiterhin verbreitet. Und jetzt, Watson, werden wir beide in aller Gemütlichkeit einen Tee trinken, von dem wir wissen, daß er uns einfach nur guttut, ohne entscheidend in unser Dasein einzugreifen."

In dieser Reihe sind außerdem erschienen:

Sherlock Holmes
Der blaue Karfunkel

Sherlock Holmes
Der Hund von Baskerville

Sherlock Holmes
Die gefährliche Erbschaft

Sherlock Holmes
Das gelbe Gesicht

Sherlock Holmes
Das Tal der Furcht